KB234708

파티를 열자고 했다

파티를 열자고 했다

신순례 에세이

차례

KTX 열차를 타보면 순방향과 역방향이 있다. 종착역은 같다. 역방향은 가는 동안 밖에 스쳐 지나는 사물들과 마주침이 없다. 때론 멀미를 할 수도 있다. 좀 불편하다. 그래도 종착역에 도착한다. 나는 늦깎이라는 부끄러움을 애써 감추고 뒷걸음하듯 목적지를 향해 역방향 기차에 올랐다.

사람들은 공부에는 때가 있다고들 말한다. 나는 그 때가 뇌의 회전도를 말하는 줄 알았다. 그런데 그 때라는 것은 공부할 수 있는 환경을 말하는 것 같다. 젊은 학생은 공부한다고 하면 모든 것이 이해와 용서가 되지만, 늦은 나이에 공부하는 것은 제일 마지막 순위이다. 모든 주변 일을 마무리 짓고 남은 자투리 시간이 공부 시간이니 몇 배의 노력을 요하게 되어 밤잠을 줄여야 했다. 아! 그래서 때가 있다고 하는 것 같다. 그 때를 놓친 나는 아직도 종착역에는 도착하지 못했지만 그래도 하차하고 싶지 않아 계속 차를 타고 달리고 있다. 종착역에서 누가, 무엇이 기다리고 있는지는 알지 못하지만 그래도 어쩌면 파랑새의 꿈이 환히 비쳐질지도 모른다고 믿는다.

늦은 나이이지만 글을 쓸 수 있다는 것은 신의 축복이라 생각한다. 나 자신에게 그동안의 배움의 한을 이렇게 글로써 풀어낼 수 있으니 얼마나 감사한지 모른다. 때론 눈물로 하얗게 밤을 새며 글을 썼고 때론 후회로 가슴을 치는 날에는 삶의 회의를 느끼기도 하면서 한 편, 한 편을 썼다. 이럴 때마다 나를 내보이는 순간들이어서 부끄럽고 민망하지만, 그래도 나를 통해서 누군가에게는 공감을 얻고 위로가 된다면 이 또한 종착역에 가까워지고 있다는 것은 아닐지 하는 작은 바람이다.

살아온 인생길이 길어서 많은 스토리가 있을 것이라고 책을 낼 수 있도록 용기를 주신 이국환 교수님과 추천사를 써주신 김택근 시인께 진심으로 감사드리며, 평화 활동가로 바쁘게 일하면서 책을 낼 수 있도록 여러 가지 일들을 추진해준 큰 사위, 내 글을 읽고는 무조건 칭찬해준 작은 사위, 친정

엄마로서 소임이 부족했던 모든 일들을 묵묵히 참아주고 기다려준 두 딸에게도 고맙게 생각한다. 내 고통을 부담 없이 나누어 함께 아파하고 위로해준 형제들과 친구에게도 무한한 감사를 표한다. 환갑이 지난 나이에 공부하겠다고 말했을 때 참 잘한 생각이라고 환호해 주었고 주저앉고 싶을 때마다 격려와 용기를 주었으며 물심양면으로 지원을 아끼지 않은 남편에게는 차마 말로는 다 표현할 수가 없어 이 글로 대신해서 감사의 말을 전한다.

2025년 3월

신순례

1

거기 반딧불이 있나

한동안 뜸하던 친구한테서 전화가 왔다. 목소리가 힘이 없는 것 같아 왜 힘이 없느냐고 놀라 물었다.

"나 로또 맞았어."

"로또?"

"응, 대장암이래. 어차피 암에 걸린다면 생존율이 높은 대장암이나 갑상샘암은 로또라고 암 병동 입원 환자들이 그러더라."

어이가 없어 헛웃음이 나온다. 아무리 생존율이 높다 해도 암 걸린 게 무슨 로또라고 저리도 쉽게 말하나 싶어 다음 말을 이을 수가 없었다. 항암 주사 몇 번만 더 맞으면 곧 완치된다고 했다. 그러나 고약한 암세포는 '모래를 뿌려 놓은 곳을 아무리 깨끗이 쓸었다 해도 어느 구석에 박혀 있던 모래알이 굴러 나올지 모른다'라는 어느 의사의 말이 맞았는지, 로또라고 말하던 그녀의 암세포는 간으로 전이되어 생이 얼마 남지 않았다는 사실을 그녀의 동생으로부터 전해 들었다. 우린 슬픔을 가슴 밑바닥에 숨긴 채 무주로 여행을 떠났다.

새벽 3시다. 어제 저녁에 먹은 흑돼지 바비큐에 생맥주 한 잔이 그녀의 새벽잠을 깨웠다. 그녀는 친구들을 흔들어 깨웠다. "죽으면 잠 잘 일밖에 없는데 그때 실컷 자고 지금은 얘기하고 놀아야지." 그녀는 밤이 지나는 걸 아쉬워했다. "네가 코를 너무 골아 잠을 잘 수가 없었어." 서울 친구가 말하자 "무슨 소리, 너는 기차 화통이 지나가더라." "방이 세 개나 있는데 왜 한방에 모여 자면서 타박들이야." 그녀가 웃으며 핀잔을 주었다. 어린 시절에는 시도 때도 없이 함께 뒹굴며 잤다. 그때는 잠을 험하게 잔다고 서로 타박하더니 지금은 코골이가 타박이다.

그녀가 낮에 무주읍에 펄럭이던 반딧불 축제 현수막이 생각났다며 가보자 했다. 그 밤에 찾아 나섰다. 현수막에 쓰인 곳을 찾아가 보니 체험과 먹거리 등 행사장이었다. 편의점에 찾아가 물었다. 20km 정도 더 가면 습지가 있는데 그곳이 반딧불 서식지인지는 잘 모르겠다며 가르쳐 주었다. 가로등도 없는 새벽길을 달리는데 이 세상에 우리만이 존재하는 것 같아 신바람이 났다. 큰 소리로 노래도 불렀다. 갈대숲이 우거진 강가에 찾아왔다. 졸졸 물 흐르는 소리와 사그락사그락 갈댓잎의 흔들리는 소리가 습지임을 알게 했다. 반딧불은 없었다. 이런 환경이면 떼거리로 날아다닐 법한데 한 마리도 보이지 않는 게 신기했다. 코타키나발루에서 봤던 반딧불 무리까지는 아니더라도 얼마쯤은 있을 줄 알았다. 요행이 한 마리를 보았다. 또 한 마리, 또 한 마리. 세 마리를 보았다.

어릴 적 가을밤 평상에 누워서 하늘을 보면 은가루를 뿌려 강을 만들어 은하수인 듯 은빛 별들은 금방이라도 얼굴에 쏟아질 것 같고, 북두칠성은 서쪽으로 저만치 기울어 똥바가지 모양이라고 까르르 넘어가는 웃음소리에 사랑을 노래하던 귀뚜라미는 놀라서 그친다. 반딧불은 짝을 찾아 날아다니며 어두운 밤을 수놓았었는데, 우리는 몇 마리씩 잡아 손바닥에 올려놓기도 하고 호박꽃에 담아 예쁜 조명등을 만들어 각시방 노래도 불렀었는데, 가을은 그대로건만 반딧불은 다 어디 갔을까? 세 마리는 봤다. 몇 해만인지 살기 바빠 밤하늘을 바라본 적이 없었던 것 같다면서 그녀는 휴우 긴 한숨을 토한다.

"내년에는 반딧불 보려면 날을 잘 맞춰 와야겠어." 그녀는 반딧불을 보지 못한 것을 못내 아쉬워했다. "그러자. 내년에는 미리 알아보고 오자." 우리는 분명 내년이 있다고 믿고 싶었다. 하지만 검은 그림자는 그녀에게 한 걸음 한 걸음씩 다가오고 있었다.

그녀한테 가서 한 이틀 있을 양으로 짐을 챙겼다. 내가 간을 해서 물기를 뺀 고등어가 세상에서 제일 맛있다고 했다. 자갈치 시장에 가서 싱싱한 고등어를 사다 적당히 간을 하여 물기를 빼서 준비하고 쑥개떡도 쪄 놓았다. 주일날 교회에 가서 그녀가 오 년만 더 살 수 있게 해 달라고 기도했다. 예배를 마치고 돌아와 현관문을 여는데 문자가 왔다. '엄마가 오늘 넘기기가 어렵답니다.'

"여보, 나 역까지 데려다주세요. 그녀가 위독하대요." 한 시간 길을 사십여 분 걸려 부산역에 도착하여 매표창구로 달려갔다.

"대전, 제일 빠른 것으로 주세요." "삼 분 남았는데 타실수 있겠어요?" "주세요." 여섯 시 삼십 분 에스컬레이터에서도 뛰었다. 출발 기적 소리와 동시에 기차에 올랐다. 숨을 쉴 수가 없다. 뛰어온다고 산소가 부족하기도 했겠지만, 친구의 죽음이 가까워져 온다는 것이 나의 심장을 조여 왔다. 대전까지 한 시간 사십 분의 길은 왜 이리도 길고 멀까. 대전역에 도착하여 광장에 나오니 3월의 싸늘한찬바람이 나의 온몸을 휘감는다. 여기는 부산보다 추운데 외투도 입지 않았구나. 몸과 마음이 얼어붙는 것 같다.

친구의 병실에 들어갔다. 샛노란 개나리빛 얼굴에 눈동자는 허공을 바라보고 있었다. 암이라는 몹쓸 병이 사람을 저토록 망가뜨렸구나. 그녀의 손을 꼭 잡았다. 하느님께 천국 길로 인도해 달라고 간절히 기도했다. 〈저 높은곳을 향하여〉 찬양해 주었다. 그곳은 빛과 사랑이 언제나넘치옵니다. 목이 메인다. "친구야, 밝은 빛만 보고 따라가.그 빛이 천국 가는 길이래. 밝은 빛 보여?" 굳은 고개로 작은 동작을 보인다. "그래, 천국에 가서 좋은 자리 잡아놓고날 기다려 줘. 우린 좋은 친구였어. 사랑해." 엷은 미소를

지으며 주르르 두 줄기 눈물이 대답해 준다. '잘 있어, 친구야. 다음에 만나자.'

나는 그녀의 마지막 가는 길은 보지 않은 채 돌아오는 기차에 몸을 실었다. 차창 너머로 개나리빛 그녀의 얼굴이 오버랩되어 다가온다. 그녀에게 아름다운 첫사랑이 있었던 세월이 50년이 지났구나, 동래 정씨만 양반인 줄 아는지 육 씨는 쌍놈이란다. 대통령 부인도 육 씨였는데. 아버지의 고집에 김 씨 양반에게 딱 한 번 선을 보고 원삼에 족두리를 쓰고 함박눈이 내리던 날 눈물을 흘리며 시집간 그녀는 매운 시집살이에 남편의 외도까지 결혼생활이 평탄하지는 않았다. 우린 늘 마음 아파하며 아버지가 첫사랑만 반대하지 않았더라면, 하는 원망도 했다. 그럴 때마다 눈시울을 적시던 해방둥이 그녀는 로또의 행운을 2년으로 마감하고 3시 30분에 밝은 빛을 따라갔다.

그녀가 좋아하는 쑥개떡을 쪘다. 고등어도 간을 해서 준비하여 우리는 무주로 다시 여행을 떠났다. 반딧불을 찾고 싶지는 않았다. 휑하게 비어있는 그녀의 자리를 돌아보며 흑돼지 바비큐를 안주 삼아 들이키던 생맥주 한잔에 취해

16

누군가가 말했다. 거기에 반딧불이 있을까? 첫사랑 육 씨는 만났을까? 맥주잔 부딪치는 소리만이 단풍이 물들어 가는 덕유산 자락을 울리고 있다.

2

다시 찾은 불국사

　결혼 40주년 경주 불국사를 찾았다. 그동안 경주에 여러 차례 왔었지만, 하룻밤 쉬었다 가곤 했지 유적지를 찾지는 않았다. 아름다운 추억보다는 꺼내고 싶지 않은 아픔이 더 많았다. 그 크고 웅장하던 대웅전이 왜 이렇게 작고 허름하게 보일까, 다보탑이나 석가탑은 가까운 공원에도 있음직하게 아주 작아 보인다. 천 년을 넘긴 유적이 불과 40년 사이에 달라질 수는 없을 텐데 왜 이런 느낌일까? 석굴암은 유리 상자 안에서 반사되니 별 의미도 느낄 수가 없다. 많은 사람이 꾸역꾸역 몰려와 이곳저곳 관람하며 감탄을 연발하며 즐기고 있는데, 저 사람들도 예전의 나처럼 웅장하고 신비스러운 감정을 느끼는 것일까? 설마 지금 내가 느끼고 있는 감정은 아니겠지, 행여 먼 길 찾아왔다가 실망은 하지 않을까? 괜한 걱정을 하면서 기웃기웃 어슬렁어슬렁했다.

　해양대학교 졸업생은 실습선 승선으로 군 복무가 대체되는데, 서류 착오로 인해 늦은 나이로 군에 입대했다. 시골 계신 부모님들이 삼 년을 기다려 줄 것 같지 않다면서 '정월 스무날 축시' 창호지에 붓글씨로 정성스럽게 쓰인 사주단자와 농촌의 재산 1호인 황소를 팔아 30만 원을 소액환으로 보내왔다. 군에 있는 아들은 관보를 쳤으니 일주일 후면 휴가를 온다고 하는 글이 담긴 편지도 들어있다. 보름밖에 남지 않은 혼인날이다. 나는 세 식구를 부양해야 하는 가장이라 결혼은 생각도 하지 않았다. 아니 하지 못했다. 편지 도착이 빨라야 일주일, 늦으면 열흘도 좋다. 그래서 급하면 짤막하게 전보를 치지만 아주 위급한 일이 아니면 의사 전달이 명확할 수가 없으니 편지로 한다. 이 남자에게 상의하는 편지를 보낸다 해도 답장 받기 전에 결혼식 날일 테고, 시골에는 편지 받을 때쯤이면 결혼식에 참석하기 위해 섬마을을 떠난 뒤가 되겠고, 이걸 어쩌나 이걸 어쩌나 하다 날짜는 성큼성큼 다가와 28살

만혼의 나이로 그냥 그렇게 결혼했다.

　요즘 대세인 스몰웨딩, 하우스웨딩을 나는 일찍이 실천했다. 삽십여 명 안팎의 하객을 모시고 결혼식을 했는데 그나마도 예식장비가 모자라 친구들 가방을 털어 보태서 지불했다. 친구들은 핸드백을 다 털리고 나서 말했다. "이러고도 시집을 가야 하니?" "나도 몰라." 눈물이 온몸을 적셔 내리지만, 눈물조차 마음 놓고 흘릴 수가 없었다. 나보다 더 마음 아파할 부모님이 계시니 웃으며 행복한 척할 수밖에 없다. 간단하게 회식을 마치자, 신랑 친구가 경주까지 택시를 전세해 주었다. 호텔비도 함께. 그래도 남들이 가는 신혼여행을 가는구나. 제주도야 언감생심, 이나마 못 가는 사람이 더 많은데 부곡 하와이보다 좋은 경주가 어디냐. 잠깐이나마 신부의 들뜬 기분이었다.

　빨강 치마에 노랑 저고리를 곱게 차려입고, 웅장한 대웅전을 보고 다보탑 앞에서는 사진도 찍고 사랑의 전설이 담긴 석가탑에서는 영원히 변치 말자고 한 바퀴 돌기도 했다. 비포장길을 걸어서 석굴암도 갔었다. 배가 고프다. 점심을 먹어야 하는데 나는 최소한의 돈밖에 없고, 말이 없는 이 남자 가진 돈이 얼마나 되는지 차마 미안해할까 봐 물어보지도 못하고 나 혼자 생각을 해본다. 친구들이 승선 중이고 본인은 군 복무 중이라 친구들에게 연락도 쉽지 않았다. 달랑 두 명, 한 사람은 택시 전세에 호텔비까지 주었고 한 사람이 축의금을 줬다면 얼마나 줬겠는가. 시골 부모님은 신혼여행 개념도 모르니 별도의 돈을 주었을 리는 만무하고.

어제 택시 잡아주지 말고 현금으로 줬으면 얼마나 좋았을까? 버스 타고 여관에서 자고 나머지 돈으로 오늘 쓸 돈에 보탰을 텐데, 나는 눈치만 보고 있는데 이 남자, 한정식집을 망설임도 없이 들어간다. 가격표를 보니 1인 1,200원. 가슴이 철렁한다. 순두부 한 그릇 99원이면 되는데 어쩌자고 이 비싼 곳을 왔을까. 다른 집으로 가자, 하고 싶은데 주인 여자 뛰어나와 신혼부부 봉이다 싶어 너스레를 떠는 바람에 발길도 못 돌리고 자리에 앉았다. 나는 배가 아파서 밥을 못 먹겠다고 하면 한 사람 분은 팔지 않는다고 할 줄 알았는데 1인분도 된다고 한다. 혼자만 먹으라 했더니 눈치 없는 이 남자, 300원이나 하는 법주를 주문한다. 아둔한 이 남자! 배가 많이 아프냐고 한마디 던지고는

혼자서 잘도 먹는다. 허기진 배를 안고 첨성대며 천마총을
돌아봤다. 다음 날 점심도 또 배가 아프다고 했다. 그렇게
배를 곯아가며 신혼여행의 추억을 장식했다.

사치스러운 사랑 타령은 열흘로 끝나고 새신랑은 귀대
했다. 나는 생활전선으로 돌아갔다. 긴긴 삼 년을 보내는
동안 큰 딸아이가 태어났다. 제대 후 승선하여 17개월 만
에 돌아왔을 때는 둘째 딸이 태어나 있었다. 큰딸은 미국
으로, 작은딸은 몰디브로 신혼여행을 다녀왔다. 배는 고
프지 않았냐고 묻고 싶었지만 부질없는 소리다 싶어 피
식 웃었다.

다시금 찾은 경주에서 근사한 한정식을 먹으면서 주름
진 얼굴을 바라보니 옛 일이 생각나서 혼자 웃었다. 신혼
여행 때 당신은 한정식집의 식대가 얼마인지 알았어요?
묻고 싶지만, 당연히 모를 거라 싶어서 묻지 않았다. 여보,
신혼여행 때 배가 아팠던 게 아니고 돈이 없어서 거짓말
했답니다, 정말 배고파서 혼났답니다, 말하고 싶었지만 그
아픔은 나 혼자만으로도 충분하리라 꾹 누르고 이 근사한
점심을 신혼여행 시절을 생각하며 맛있게 먹을 수 있으니
더할 수 없는 행복을 느낀다.

3
곽 휴지 두 통의 대박

"엄마, 휴지 두 통 받아왔어요. 그리고 헌 옷 헌 신발 팔아서 12,000원 받았어요. 대박이지 않아요?" "대박은커녕 쪽박 되겠다." 핀잔을 주고는 딸의 얼굴을 바라봤다. 별로 개의치 않은 표정으로 휴지를 넣어 놓고는 횡하니 나가버린다.

이사를 한다고 해서 이것저것 정리를 하다 보니 잘 말려진 우유팩이 한 박스 나왔다. 깨끗이 씻어서 뽀송뽀송하게 말라 있다. 바쁜 일과에도 깨끗하게 잘해 놨구나! 기특한 맘이 들었다. 분리해야 하나 하고 생각했었는데 어느새 내 눈앞에서 사라졌다. 그 우유팩을 동사무소에 갖다 주고 곽에 든 휴지 두 통을 받아온 것이다. 요즘에도 우유팩 받고 휴지 주는구나. 세월이 많이 흘렀다. 애들이 자라 떠나고 난 후로는 우유를 먹지 않아서 요즘도 동회에서 따로 받는 걸 알지 못했다.

나는 유난히도 환경에 대한 관심이 많았던 것 같다. 초등학교 가는 길목은 논두렁이 많았다, 논에 집을 짓고 도로를 내는 것을 보면 농사가 모자라면 어쩌나 하면서 안타까워했었다. 박 대통령 시절에는 초등학생들도 식목일에 민둥산에 나무 심기에 참석해야 했다. 정성을 다해 나무를 심는다. 친구들은 장난치며 어슬렁거리는 모습을 볼라치면 한 그루라도 더 심지 않고 왜 저럴까? 가슴을 동동거린 기억이 생생하다. 산이 파헤쳐지고 아스팔트 도로가 생기는 것을 보면 발전하는 모습이 좋은 게 아니고 자연이 훼손되는 게 더 마음이 아팠었다.

대중목욕탕에 가면 버린 우유팩을 주워 와 씻어서 말려 한 박스 담아서 승용차에 싣고 동회로 가서 먼지가 풀풀 날리는 휴지를 받아오곤 했다. 때론 자기들이 귀찮으면 구청으로 가져가란다. 구청으로 가져가면 아주 성가신 표정을 짓는다. 공무원이 솔선수범하여 한 장의 종이라도 아껴야 할 텐데, 가져오는 것도 저런 태도이니 누가 이렇게

24

귀하게 생각하고 모아올까! 기름 값이 휴지 값보다 더 들지도 모를 일 비난을 받으면서도 꿋꿋이 했었다. 딸들은 남들이 얼마나 가난하게 보겠냐며 창피하니 제발 하지 말라고 했다. 남편은 큰 바구니 하나 구해서 등에 지어 줄 테니 차라리 넝마주이로 나가라고 비난했다. 넝마주이 소리를 들으니 60, 70년대에 자기 몸보다 큰 바구니를 짊어지고 커다란 집게로 종이 주워 담는 모습이 떠올라 한바탕 웃기도 했다. 국가 정책으로 재활용 분리수거를 하게 되면서 우유팩 모으는 일을 그만두었다. 우유팩이 일반 폐지와 같은 줄 알고 있었다.

우유팩은 천연 펄프를 주 원료로 하여 만들었으며 우리나라에서 발생하는 종이팩은 연간 65만 톤(2015년 통계). 종이팩 재활용만 잘해도 연 65억 원의 외화 대체효과이고 20년생 나무 130만 그루를 심는 효과가 있단다. 프랑스 작가 장 지오노의 『나무를 심은 사람』에 나오는, 탄광이 폐허가 된 황무지 땅에 매일 100개씩 도토리를 심어 아름다운 숲을 만들어 떠나간 사람이 다시 돌아와 세계 관광지가 되게 한 위대한 '엘제아르 부피에'의 정신을 조금이라도 본받는다면, 요즘 우리들의 삶의 질을 좀먹고 있는 미세먼지에서도 조금은 자유로울 수 있지 않을지 욕심도 부려보았다.

은박지나 비닐은 몇백 년이 지나도 썩지 않는다고 TV에서 다큐멘터리 방영하는 것을 보았다. 그 후로는 은박지 용기나 비닐을 가능한 쓰지 않았다. 애들 소풍 갈 때도 김밥을 도시락에 싸줬다. 딸들은 은박지 도시락에 싸면 먹은 뒤 쓰레기로 버리고 홀가분하게 광복동 거리를 누비다 노래방에 갈 텐데 그 도시락을 끝까지 들고 다니는 게 얼마나 부담스럽고 싫었는지 제발 소풍 갈 때만 은박지에 김밥을 싸달라고 요구했지만, 졸업 때까지 딸의 요구는 한 번도 실현되지 않았다. 생리대나 아기 기저귀도 썩는 데 500년 이상이 걸린다고 하니 우리 가족은 천을 사용했다. 딸이 고등학교 다닐 때는 늦게 돌아와서 생리대를 빨아 삶는 동안 졸다가 태우기가 일쑤었다. 그럴 때마다 얼마나 엄마를 원망했겠는가! 큰딸이 미국에서 출산할 때도 나의 여행 가방에는 아기 기저귀 감이 무게를 더했다. 주위 사람들은 "왜 그리 별나게 굴어, 혼자 그렇게 한다고 지구가 얼마나 달라질까? 혼자서 나라 다 짊어져라." 비아냥거렸다. 절대 아니다. 각자가 혼자지 10명, 100

명이 혼자이면 언젠가는 4,000만이 되고 온 지구인이 되지 않겠느냐고….

큰딸은 학교를 졸업하고 대기업에 취직해서 6개월 정도 다니더니 월급이라고는 용돈에 불과한 환경운동 연합 단체로 이직했다. 내 삶이 딸에게 끼친 영향일까? 아니면 무언가 세상에 보탬이 되고자 하는 사명감일까? 평탄한 길이 아닌데, 안쓰러운 마음이 나를 서글프게 했다. 딸의 반려자 또한 평화 운동가다. 지구에 핵이 존재해서는 절대로 안 된다는 핵 반대 운동가다. 인간은 자연과 더불어 공존해야만 하고 핵이 지구와 전 인간을 말살한다는 논리로 10여 권의 책을 펴냈고 지금도 집필하고 있지만 교재로서나 전문가 외에는 관심을 얻지 못하니 여전히 허기는 면하지 못한다. 그래도 그들은 자연과 평화를 지키기 위해 쉬지 않고 싸울 것 같다.

"엄마! 엄마가 여행 떠날 때 도시락 싸던 그대로 내가 도시락을 싸고 있어요. 그렇게도 엄마의 생활상을 마땅치 않게 여기던 내가 이렇게 엄마를 닮아가고 있네요." 어이없는지 뿌듯한지 모를 웃음을 나에게 흘려보낸다. 4명

의 손자가 자라고 나니 기저귀가 남았기에 손녀와 두 딸
의 생리대를 자그마하게 만들어서 지금껏 잘 사용하고 있
다. 딸들 집이나 내 집이나 베란다 구석에는 언제나 비닐
지퍼백이나 우유팩을 말리는 건조대에서 맑은 햇살이 반
사되어 눈이 부시다.

4

새집은 귀신도 시샘한다네요

또 태풍이 온다는 뉴스를 듣는다. 어제는 어느 선박이 해적선에 피랍되었다는 뉴스가 나왔다. 해상 사고 뉴스가 나올 때마다 가슴은 철렁철렁한다. 외항선 선원으로 오대양 육대주를 누비고 다니는 멋지게 보이던 마도로스가 막상 남편이 되고 보니 이렇게 가슴 조이게 하는 줄은 정말 몰랐다. 항상 가슴을 조이며 해상에 대한 뉴스를 놓치지 않고 듣는다. 한번 승선하면 짧게는 1년이고 항로에 따라 몇 개월도 연장하게 된다. 국제 우편을 한 달에 한 번 정도 받아보는 것이 서로가 살아있음을 알게 되는 유일한 위안의 소식이었다.

선원이 한번 나갔다 오면 아이들은 생소한 사람을 만나는 것처럼 어색해하는 일은 다반사였다. 신혼의 젊은 시절 남편은 파도와 갈매기를 벗 삼아 바다를 누비며 가족을 그리워했고, 집에 남은 가족은 어서 가난을 이겨 보자고 허리띠 졸라매고 가장 없는 가정을 지켜가며 그리움을 달랬다.

십여 년 동안 차곡차곡 모인 월급으로 내 집을 마련했다. 구덕산 자락을 뒤로하고 부산항이 한눈에 내려다보이는 언덕진 곳이다. 부산은 지형의 특성상 비탈 아닌 곳이거의 없다. 산을 깎아내려 집을 짓는다. 그래도 산복도로라는 부산의 유일 명물이 있고 시내버스가 다녀서 그다지 불편하다는 생각은 하지 않고 살아간다. 걸어서 수십 계단을 오르내리느라 힘들지만, 그것도 그대로 받아들인다. 부산역에서 바라보면 우뚝 서 있는 우리 아파트가 산 중턱쯤으로 보인다. 그렇게 보이는 것이 더 좋아 보였다. 내일은 이사한다. 민주 공원을 병풍처럼 두른 파크맨션이라고 쓰인 아파트로.

바쁘게 이삿짐을 꾸리고 있는데 시골에서 시아버님과

시숙부님이 오셨다. 깜짝 놀라 "아버님, 연락도 없이 어떻게 오셨어요? 오신다고 연락하셨으면 터미널에 마중 나갔을 텐데요." 말은 그렇게 했지만, 순간 당황했다. "남편도 없이 혼자서 이사하느라 고생이 많구나." "예. 짐이 많은 것도 아니어서 대충 다 해갑니다." 시큰둥하게 대답했다. '바빠 죽겠는데 왜 하필 이때 오셨담. 정리 끝나면 어련히 다녀가시라고 연락할까.' 속으로 투덜대면서 두 어른을 어찌 대접해야 하나 짜증이 머리끝까지 올라왔다.

"힘들게 집 장만하는데 부모가 되어서 보태주지도 못하고 참 면목이 없다." "무슨 말씀이세요. 애비가 열심히 일해서 그래도 다른 사람에 비해 일찍 장만했는걸요. 다 부모님께서 물심양면으로 도와주신 덕분인데 그런 말씀은 당치 않으십니다." 공손하게 인사치례하고서 정성껏 저녁 식사와 약주를 대접했다. 약주와 식사를 마치시고 거나하게 취하셔서 칭찬을 아끼지 않으셨다. 칭찬을 들으니, 아까의 짜증스러웠던 감정은 사라지고, 그저 먼 길 오신 어른을 좀 더 잘 대접해 드릴 마음뿐이었다.

밤이 깊어 잠자리를 어떻게 해야 하나, 궁리하고 있는

데 숙부님께서 말씀하신다. "오늘 밤에는 우리가 새로 장만한 그 집에 가서 자려 하는데 그리로 데려다 다오." "예? 거기는 빈집이어서 전기도 안 들어와요, 아무리 5월이라 해도 난방이 안 돼서 추울 거예요. 불편하셔서 안 됩니다, 여기서 주무세요." "아니다. 괜찮으니 이부자리만 가져다 다오." 어찌나 완고하신지 할 수 없이 밤에 모셔다드리고 촛불을 준비해 드렸다. '아휴, 노인네들 웬 고집이래?'

다음 날 아침에 모셔와 아침 식사를 해드리고 이삿짐 싸 느라 바빴다. 이삿짐이 채 옮겨지지도 않았는데, 숙부님한 테서 전화가 왔다. "애야. 우리는 터미널에 왔다. 이사 잘 하고 부자 꿈꾸어라." 하고는 전화가 끊겼다. 아니, 이사한 집에 오셨으면 살림살이 정리되고 아름답게 꾸며놓은 것 까지 보고 가실 일이지 짐도 나르기 전에 가시는 것은 뭐 람, 여비도 못 드리고 어제 잠깐 심기가 편치 않아 제대 로 살갑게 대해드리지도 못한 것 같은데 혹시 내 맘을 들 킨 건 아닐까? 종일토록 께름칙한 마음이 떠나질 않았다.

새로운 집에서 저녁 먹고 베란다에 서서 부산항을 내려 다보았다. 낚싯대를 던지면 고기가 달려올 것 같은 바다가 안마당처럼 가까이에 펼쳐져 있다. 어느 나라에서 왔는지 작은 동산 크기의 크루즈가 입항하여 오색찬란한 불빛이 부산항을 삼킬 듯이 위세를 부리고 떠 있었다. 언덕이 높아서 오르내리기는 힘들지만, 전망은 정말 아름답구나. 참 좋은 곳에 내 집을 장만했어. 첫 집에서 첫 밤을 보내는 가슴 벅찬 감격을, 태평양일지 대서양일지 어느 바다에 떠 있을지 모를 남편에게 바닷바람에 실어 보냈다.

이사하고 며칠 지난 어느 날 앞집에서 내일 입주를 하는데 오늘 저녁에 친정어머니가 미리 주무신다며 초를 얻으러 왔다. "아니 왜요? 저희 시아버지와 숙부님은 불편하시다고 빈집에 오셔서 주무셨지만, 친정엄마는 좀 불편해도 괜찮지 않나요? 무서워서 혼자 어떻게 주무셔요. 뭣하면 우리 집에서 주무실래요?"하고 말했다. 할머니가 펄쩍 뛰면서 "무슨 말이요. 내가 편한 잠자려고 온 줄 아슈? 아니 시어른이 왜 여기서 주무셨는지 그 이유를 모르슈?" 내가 무슨 실언을 해서 저토록 역정을 내시나 생각하며 할머니를 바라보았다. 할머니는 조용히, 아주 조용히 입을 여셨다.

"아기 엄마가 뭘 모르는가 보네." "제가 뭘 몰라요, 할머니?" "그게 그러니까 말일세. 새집을 지으면 귀신들이 꼭 해코지한다고 하지. 일종의 시샘이지. 새집 짓고 삼 년 넘기기가 어렵다는 옛 어른들 말씀이 있어요. 그래서 기왕에 해코지하려면 살 만큼 산 이 늙은이한테 하라고 내가 먼저 자는 거지요. 내가 귀신들에게 당하면 내 자손들은 액운을 면했으니 무탈하게 지낼 수 있지 않겠수? 아마 아기 엄마 시어른들도 그런 뜻에서 다녀가셨을 겁니다. 그 미신이 꼭 맞는다고 믿고 싶지는 않지만 그래도 좋은 게 좋은 것 아니겠수." 할머니가 빙긋이 웃으며 내 어깨를 토닥여 준다. "아! 예, 그렇게 깊은 뜻이 있었던 걸. 제가 몰랐군요. 편안히 주무세요." 조심스레 인사를 하고, 양초를 건네 드렸다.

전라남도 완도군에 속해 있는 작은 섬 고금도가 시댁이다. 아침 일찍 서둘러 마을버스를 타고 선창에 와서 배 타고 육지로 나와 비포장 길을 달려 강진까지 와서 그곳에서 부산행 버스를 타고 7시간을 오면 오월의 해가 저물 무렵이 되는 멀고 먼 곳이다. 그 먼 길을 오직 자식을 위해 시샘하는 귀신을 대신 만나 모든 액운을 자신의 몸으로 막아주겠다고 어떤 일이 있을지도 모르는 일을 각오하고 오셨구나! 두 형제가 미신을 어디까지 믿고 계셨는지는 모르겠지만 살 만큼 살지도 않은 60대 초반의 나이에 과감하게 실행하셨다. 아버님은 또 그렇다 하더라도 숙부님은 자식도 아닌 조카의 일이 아니던가, 두 분의 우애도 참으로 돈독하셨구나. 가슴이 먹먹해져 오면서 고맙고 죄스러운 마음에 눈시울이 뜨거워지더니 눈물이 주르르 흘렀다.

그 후로 30년을 넘게 살아오는 동안 그 고마운 마음을 까마득히 잊고 살았다. 딱히 감사하다는 말씀도 드리지 않은 것 같다. 아니 이 글을 쓰고자 마음먹기 전까지도 단 한 번도 기억해 내지 않았었다. 만일에 내가 미신에 의지하고 살았다 하더라도 과연 자식을 위해 그렇게 할 수 있었을까? 몇 번을 생각해 봐도 하지 못했을 것 같다. 아마 억지로라도 그 미신을 믿지 않으려 했을 것이다. 아버님, 숙부님, 귀신이야 있건 없건 간에 크신 사랑으로 새집에서 첫 밤을 보내주신 덕분에 저희는 70이 넘도록 무탈하게 잘 지내왔으며, 손녀들도 각자의 몫을 다하며 잘 살고 있습니다. 늦었지만 하늘나라를 향해 감사드립니다.

훗날 좋은 곳에서 만나 뵙게 된다면 가슴 깊이 감사 말씀
드리겠습니다.

훗날 좋은 곳에서 만나 뵙게 된다면 가슴 깊이 감사 말씀

5

격정도 풍년이요

아침 바람이 선선하니 운동하기에 안성맞춤의 날이다. 운동을 나갔다. 평소처럼 앞으로 갔다가 뒷걸음으로 나오고 앞으로 갔다가 뒤로 걸어 나오고 몇 차례 한다. 뒤로 걸으면 기억력 향상에 탁월하고 안 쓰던 뇌세포를 깨운다는 어느 박사님의 논리에 꽂혀 운동만 나가면 뒤로 걷기를 열심히 한다. 무엇보다 노년에 제일 무서운 치매 예방에 최고라니 소홀히 할 수가 없다. 함께 운동하는 사람들이 부러운 듯 한마디씩 한다. "뒤로 걸으면 참 좋다 하던데, 나는 무서워 못 걷겠던데 참 잘 걸으십니다." 나는 아주 우쭐해하며 열심히 뒷걸음을 하고 있다. 원숭이도 나무에서 떨어진다고 하지 않던가. 나는 뒤로 발라당 넘어졌다.

어찌된 일인지 도무지 상황 판단이 되지 않는다. 운동하는 사람들이 웅성웅성한다. 그러게 왜 뒤로 걸어. 나이 생각을 해야지, 뒤로 걸으면 뭐가 얼마나 좋은가? 등등. 그동안 어지간히 꼴불견이었나 보다. 119를 부를까, 묻는다. 하지 말라 했다. 나는 부끄러움을 무릅쓰고 大자로 누워 내 몸 상태를 가늠하고 있다. 어떻게 넘어졌는지는 도저히 모르겠고, 다리를 좌우로 움직여 보니 뼈는 무사한 것 같고 사람들이 묻는 말에 대답하는 것 보니 머리도 이상 없는 것 같고 엉덩이를 살짝 올려 보았다. 잘 올라간다. 궁둥뼈도 괜찮은가 보다. 이제 허리가 얼마만큼 충격을 받았는가가 문제다. 한참을 누워서 몸을 이리저리 굴리며 내 몸을 인지시켜 일으켰다. 사람들이 119 안 불러도 괜찮겠냐고 성가시도록 묻는다. 괜찮다고 내가 걸어서 병원 가겠노라 했다. 천천히 일어나 집에 와서 우선 파스로 허리에 도배부터 했다.

동네 병원에 갔다. 원장님이 이리저리 만져보고 흔들어 보시며 나의 신음소리 높낮이로 모든 진단이 이루어진다. 선생님 말씀이 뼈는 이상 없는 것 같고 2주는 고생할 거라고 했다. 몇십 년의 경력으로 이까짓 넘어진 것쯤이야 눈을 감고도 진단할 수 있을 것이다. "아마 몸을 열어볼 수 있어서 열어본다면 몸 안에 시퍼렇게 멍이 많이 들었을 거요. 내일은 더 아플 겁니다." 대단한 일 아니라는 듯 편안하게 말씀하신다. 주사 한 대 맞고 약 처방전을 받아왔다. 수월하게 말씀하시니 뭐 이렇게 좀 아프다 낫겠지 했다. 웬걸! 자고 나면 더 아프고 한밤 더 자고 나면 어제보다 더 아프고 정말 허리가 아파 몸을 움직일 수가 없다. 남편도 주위 사람도 큰 병원 가서 사진 찍어봐야 하지 않겠느냐고 걱정이 풍년이다.

언제부터일까? 사람들은 큰 병원에 가서 여기저기 사진을 찍어 사진에 이상이 나타나지 않으면 그제야 의사의 말을 믿고 따른다. 의사가 진단하는 게 아니라 기계가 진단하는 셈이다. 내 상식으로는 의술은 보고 만지고 물어보고 이렇게 해서 의사의 진단이 나오는 것으로 알지만 요즘 큰 병원에 가면 몇 마디 물어보고 내 얘기는 불과 20초에서 30초 들어보고는 사진과 기계를 이용한 검사부터 해서 그 결과를 놓고 판독하는 추세다. 사람들은 그렇게 해야 확실하다고 믿는다. 나도 그 과정을 부인하는 것은 아니지만 그보다 먼저 의사 선생님의 진단이 더욱 필요하다. 어느 것이 더 바람직한지는 모르겠으나, 나는 동네 병원에 계신 연세 많으신 의사 선생님을 더 신뢰한다.

X-레이 촬영 기계도 없다. 그 어떤 검사 기계도 없지만 동네 병원 선생님은 환자들을 척척 잘도 치료하신다. 나는 속으로 의사라면 이 정도 실력은 내공으로 쌓아 둬야지 하며 존경하는 마음으로 의사 선생님의 지시를 따른다. 처음부터 2주는 고생하겠다고 하셨는데 내일이면 2주다. 오늘도 여전히 아프다. "2주면 낫는다 하셨는데, 아직 많이 아픕니다." 원망도 아니고 짜증도 아닌 떼쓰는 것 같다. 별 반응 없이 "약 좀 더 잡수시면 차차 나아질 겁니다." 나는 또 주사 맞고 약을 받아왔다.

그런데 말이다, 2주가 지난 다음 날 아침부터는 통증이 거의 다 사라졌다. 신기하다. 어제까지도 영 나을 기미가 보이지 않던 내 몸이 2주를 채우니 할 일을 다 했다는 듯 아픔이 사라졌다. 뭐든지 때가 되어야 성숙해지듯이 고통도 때가 되어야 멎는다는 진리를 다시 깨달았다. 완전하지는 않지만 나 스스로 생각하기에는 다 나았다고 말하고 싫어서 선생님, 이젠 주사 안 맞아도 되겠어요. 했더니 그래도 몇 번 더 치료받으라신다.

역시 이렇게 훌륭하게 잘 아시는데 왜 사람들은 큰 병원 가서 사진 찍고 검사부터 할까? 물론 절대적으로 필요하지만, 우선은 동네 병원에서 1차 진료를 받아보고 의사 선생님을 신뢰하고 치료받으면 얼마나 좋을까? TV에서는 연일 의사 정원 문제로 메인 뉴스거리다. 우리들은 잘 모르지만 어쩌면 환자들의 의식 구조도 한몫하지 않았을까? 병원의 운영 시스템의 구조 개혁이나 환자들의 의식 개혁이 절대적 필요할 것 같지만 쉽게 변할 수 없으니 정책이 필요한 것일 거다. 아무쪼록 짚신 장사 나막신 장사의 아픔을 헤아려 솔로몬 왕의 지혜를 거울삼아 잘 해결되기를 바랄 뿐이다.

6

꽃잎보다 아름다운 입술

20여 년 동안 영아 소화재활원에 봉사를 다녔다. 지체
장애가 있는 영아들이다. 고개를 가누지 못하는 아이, 초
점을 못 찾는 아이, 서지도 기어다니지도 못하는 아이, 머
리가 큰 수박만한 아이, 이런저런 장애가 있어 부모들이
버린 아이들이다. 이 버려진 아이들을 지극정성으로 보살
피는 수녀님들이 바로 천사다 싶다. 봉사하러 가서는 구
멍이 나고 너덜거리는 천 기저귀가 세탁기에서 나오면 햇
볕에 널고 오후에는 조각된 천을 포개서 개는 일을 했는
데, 10여 년 전부터는 기저귀를 후원하는 고마운 분이 있
어 일회용 기저귀를 사용하게 되면서 나는 저녁 섭식을
한다. 그동안은 복도 청소할 때 창 너머로 보면서 그저 안

타깝게만 보던 아이들을 방에 가서 안아주고 머리 빗겨주며 함께 놀아주다가 저녁을 먹이고 설거지하고 방 청소를 하면 그날의 일은 끝이다. 이곳 진해에서 부산까지 자가용으로 한 시간이 훨씬 넘게 걸리는 길을 일주일에 한 번씩 빠지지 않으려 노력하며 20여 년을 다녔다.

이번 추석에 그 아이가 온다. 별리. 여름휴가 때는 일주일, 설 추석에는 3박 4일, 이렇게 일 년에 세 차례 각 가정으로 위탁을 보낸다. 보육교사 휴가 문제도 있고 가정의 따뜻한 사랑을 듬뿍 받으라는 의미도 있는 것 같다. 이번에 2명을 신청했는데 별리 혼자도 힘드니 별리만 데려가라고 말려서 아쉽지만, 별리만 데려왔다. 올해로 별리는 세 번째 우리 집에 위탁을 왔다. 위탁 신청을 한다고 무조건 허락하지는 않고 여러모로 아이의 정서적 상태를 고려해 선별해서 보낸다. 전에는 예인이 서희 세 명도 보내고 예인이와 두 명도 보냈는데 이번에는 별리만 보낸단다. 나는 명절의 기쁨보다 이 아이가 오는 게 더 기쁘고 설렌다.

며칠 전 큰딸한테서 전화가 왔다. "엄마, 이번 추석에는 역 귀경하시면 어떨까요?" "글쎄, 좀 어렵겠는데. 우리 집에 손님이 오거든." "이번에도 또요? 그럼 우리는 친정도 없는 고아예요?" 앙칼진 목소리가 들린다. "그런 억지소린 하지 마라." "그러면 왜 엄마 생각만 하세요. 우리 생각은 하나도 안 하세요?" "너희들과는 자주 만나는데 명절 때 좀 안 보면 어때서." 나무라듯 딸에게 말했다. 잠자코 듣고 있던 딸이 기어들어 가는 소리로 "아니, 엄마가 안 오시면 우리는 시댁에서 핑계가 없으니 빨리 못 오고 일만 해야 하니까 그렇죠." "그래도 안 돼."

지난번 여름휴가 때 큰딸이 아들을 데리고 왔다. 같은 또래여서 잘 지내리라 생각했는데 잘 놀던 이 아이가 시무룩하니 내 옷자락만 잡고 따라다닌다. 생각해 보니 엄마, 엄마 부르며 어리광 부리는 아이가 부러웠던 건 아닌가 싶었다. 그 후로는 딸네 식구는 오지 못하게 했다.

별리는 다운증후군이라는 소견이다. 6살이 되었어도 사고 분별과 언어의 장애를 극복하지 못했다. 언어 장애는 있지만 듣는 데는 크게 장애가 없는 것 같다. 우리 내외는 '정별리 리모컨 가져와, 휴지 쓰레기통에 버리고 와, 네 옷 가져와야지' 그저 쉴 새 없이 별리와 말하고 웃곤 한다. 같이 놀면서 나의 닉네임인 '해피할머니'를 수십 번 입을 바라보며 가르쳤더니 '해피'에서 '해티'로 나오는 쾌거를 올리고 우리 내외는 손뼉을 치며 즐거워했다. 다음날은 '해티'도 안 되지만 그래도 우린 또 연습했다. 별리와 손 잡고 아이스크림 집에 갔다. 양이 제일 적은 것으로 사서 서로 떠먹여 주었다. 작은 스푼으로 입가에 하얀 크림을 묻혀가며 떠먹는 그 입술은 꽃잎보다 더 아름다웠다. 행여 이 아이 엄마가 이 모습을 볼 수 있다면 아마 나 같은 마음으로 바라보지 않을까? 잠시 헛된 생각을 해봤다.

아침에는 나보다 먼저 깨서 바스락거리며 놀다가 내가 눈을 뜨니 내 품속으로 쏘옥 들어오는데 행복이 꽉 차오르며 눈시울이 뜨거워졌다. 꼬옥 안아주며 수없이 곳곳에 입맞춤했다. 꿈같은 세 밤을 보내고 아침에 서둘러 별리의 짐을 챙겼다. 별리의 머리를 5가닥으로 곱게 땋아주는 나의 손놀림이 바르르 떨린다. 두 딸의 머리를 아침마다 이렇게 땋아주었었는데 그 애들은 사십이 넘었구나. 지난 세월을 잠시 돌아보게 했다.

"정별리, 이제 수녀님한테 가자." 별리에게 옷을 입히고 신을 신겨주니 별리는 밝은 표정으로 내 손을 잡으며 현관을 나선다. 별리가 적응력이 뛰어난 걸까? 아니면 내 집에서의 생활이 싫었을까? 단 한시도 내 곁을 떠나지 않고 샛별 같은 눈망울을 맞추더니 집에 가자, 하니 조금의 주저함도 없이 가볍게 나서는데 잠시 잠깐 서운한 생각이 들었다. 내심 가기 싫은 표정을 별리에게서 읽을 줄 알았다. 그러고 보니 원에서 내 손을 잡고 수녀님들과 인사를 할 때도 별리의 표정은 지금과 같았다. 순간 깨닫고는 피식 웃음을 짓는다. 욕심도 과하시지….

별리 집으로 가는 도로 양편에 샤피니아 꽃이 흐드러지게 피었다. 그 꽃을 보며 예쁘다고 손뼉 치며 좋아하다 내 무릎을 베고 잠이 들었다. 잠든 별리의 모습은 천사다. 천사가 이렇게 아름다울까? 그 천사의 얼굴에 눈물이 방울방울 떨어진다. 설 때 또 만나자. 목이 멘다. 두 팔을 크게 벌려 반갑게 맞이하는 수녀님에게 별리를 안겨주니 별리는 뒤도 돌아보지 않고 쪼르르 제 방을 찾아간다. 또 서운하다. 눈이라도 마주치고 가지, 손이라도 흔들어 주든가! 나는 아직도 너의 체온이 손끝에 남아있고 지난밤의 행복이 가슴에 그윽이 남아 있는데…… "별리, 다음 주에 보자." 뒤통수에 대고 애원하듯 말했다.

돌아오는 길에 남편이 빙긋이 웃으며 "우리는 나이가 많아 입양 자격도 미달이니 강아지라도 한 마리 키울까?" 남편도 별리의 자리가 크게 느껴지나 보다. 설이 오기도 전에 코로나라는 고약한 균으로 인하여 봉사의 발길도 끊겼다. 설이 왔어도 위탁도 못 했다. 3년이나 지났다. 지금 그 천사는 9살이 되었으니 다른 시설로 옮겼으리라. 명절만 되면 '해티하미'를 말하던 꽃잎 같은 입술도, 가슴에 파고들던 보드라운 숨결도 내 가슴에서 안개가 되어 온몸을 적신다.

7

일거삼득(一去三得)

70회 생일을 축하하러 두 딸네 식구가 다 내려왔다. 두 명이 여덟 명이 됐으니 시끌벅적하다. 이 정도 생산이면 인구 증산에 본전은 되는데, 자꾸 인구 감소라니 요즘 젊은 세대들이 게을러서인가 영 결혼도 안 하고 아이도 안 낳고 다음 세대를 어떻게 이끌어 나갈까, 나 혼자 이 나라 운명 다 짊어져야 하는 사명감 있는 사람처럼 걱정이 늘어진다. 사위와 애들이 밖으로 나간 조용한 시간이 됐다. 나는 조용히 하얀 봉투를 내밀었다. 두 딸이 눈이 휘둥그레졌다. 이 봉투의 정체가 무얼까, 혹시 숨겨두었던 뭐 대단한 땅문서일까, 쉽게 열어보지 못하고 나름대로 갖가지 생각들을 수없이 흘려보내는 것 같다.

〈시신 기증 동의서〉다. "엄마 이게 뭐야?" "왜, 대학까지 공부시켰는데 그것도 못 읽어?" "아니, 이게 뭐냐고요." "읽고 여러 말 하지 말고 서명하면 좋겠다." "엄마, 꼭 이렇게 하셔야겠어요? 우리에게는 의논도 없이." "나에겐 이 몸뚱이 말고 다른 건 가진 게 없어." 딸들은 아무 말도 없이 눈빛만을 주고받더니 체념한 듯 큰딸이 서명하고 이어서 작은딸이 서명했다. "아빠도 같은 생각이세요?" 그이도 고개를 끄덕인다. 무거운 침묵만이 방 안을 가득 채운다. "엄마는 참 기특한 일을 한다고 생각해, 일거삼득이야. 연구가 끝나면 화장해서 너희에게 주고 너희가 마다하면 7년 동안 봉안당에 모셔주니 장례비 절감, 연구 재료 충당, 재료가 부족해서 수입한다는데 한 구나마 보태니 수입 절감, 이만하면 거절할 이유가 없겠지?" 두 딸이 할 말을 잊고 내 얼굴을 빤히 바라보더니 한 마디 거든다. "장례 일을 왜 엄마가 걱정하세요? 그건 저희들 몫인데요." "그러게."

얼마 전 친구 아들이 40대 초반의 나이에 뇌출혈로 쓰러져 한 달 정도 치료하다 사망하기 직전에 친구는 가슴을 쥐어짜는 아픔을 쓸어안고 며느리와 기증 센터로 올라가 장기 기증을 하고 돌아왔다. 그리고 몇 분 지나자, 사망했다. 사망 후에는 장기를 사용할 수가 없다고 했다. 저찢기는 마음을 어떻게 추스르고 저렇게 귀한 생각을 했을까, 감히 상상할 수가 없었다. "어떻게 미리 준비하지도 않았을 텐데 기증할 것을 생각했어?" "가까운 분 장례식 때 시신 기증하는 것을 보고 자기도 기증하는 것이 좋을 것 같다고 말한 적이 있었다고 했고, 지금 신장 이식이 필요한 위급한 환자가 있대. 우리 아들은 뇌출혈이어서 신장은 건강하대. 잘 맞기나 했으면 좋으련만, 그 외에도 여러 장기를 기증할 수 있어서 헛된 죽음은 아닌 것 같아." 친구가 너무나 대견스러워 부둥켜안고 흐느껴 울었다.

장례를 마치고 돌아오는 길에 곰곰이 생각해 봤다. 젊은 나이라 장기라도 나눠줄 수 있어서 그나마 마음에 조금의 위로가 되었으려나! 얼마나 가슴이 아플지 감히 짐작도 못 하겠다. 장기를 나눠 받은 사람들에게 좋은 결과가 있기만을 기도했다. 나도 혈기 좋을 때 헌혈했는데 어느 날 C형 간염 보균자로 판명되면서 헌혈도 못 하고, 장기 기증은 신청했는데 장기도 이토록 오래 살면 남에게 나눠 줄 만한 게 없을 것 같았다. 의대학생들이 연구하고 실습해야 하는데 시신 수요가 부족해서 외국에서 많은 양을 수입한다는 말을 친구를 통해 알게 됐으니, 나에게 있는 다 망그러진 몸을 다행히 학생들 실험용으로 쓸 수 있다니 감사한 마음으로 나의 전부를 기증하기로 했다.

딸들의 이해나 동의는 필요하지 않다. 하지만 규정상 동의서에 가족의 서명을 구한 것이기에 설명은 하지 않았다. 딸들이 마치 선심이나 쓰듯이 서명하는 것은 아닌지 조금은 씁쓸했다. 뿌듯한 마음으로 동의서를 대학 병원으로 보냈다. 며칠 후 〈시신기증등록증〉 카드가 왔다. 카드를 보는 순간 왠지 마음이 좀 찡하다. 죽음으로 한 걸음 다가선 느낌이 들면서 사후에 일어날 일들이 잠시 스쳐 지나갔다. 이 카드를 어떻게 보관할까, 지갑에 넣자니 좀 복잡하고 장기 기증은 운전면허증에 인쇄되어 있으니 이것도 그렇게 해줬으면 좋을 텐데. 경찰서 면허계에 전화했다. 시신 기증 동의서도 면허증에 기재되는지 물었더니 이건 안 된다고 했다. 지갑에 넣고 다닐 수밖에 없을 것 같다.

친목 모임이 있었다. 자랑삼아 기증 카드를 보여주었다. 순간 분위기가 싸해지면서 나를 한심한 눈빛으로 바라본다. 왜? 나는 권장 차원에서 보여주며 얘기했는데, 저쪽에서 누군가가 목청을 높여 말한다. "실습하려고 톱으로 켜고 망치로 두드리고 한다는데, 아이 끔찍해. 그걸 왜 해?" 그들의 싸늘한 반응을 느끼며 더 이상 얘기하지 않았다. 어차피 재가 되어 흙으로 돌아가는데 후세를 위해 좀 나누어 주면 어떨까? 굳이 이해를 구하고 싶은 것은 아니지만 공감은 있을 줄 알았다. 단지 마음과 달리 용기가 없어 못 하는 거라고, 용기에 찬사를 보낸다고 해줬으면 어떠했을까? 샐쭉해진다. 자기만족에 행동하며 남에게 인정받기를 원하는 나의 심보는 또 뭐람. 헛웃음을 지었다.

이제껏 편안하게 살아온 것도 누군가의 희생과 노력이 있었기에 가능했다고 생각한다. 나는 누구를 위해 노력한 적도 없다. 누구를 위해 희생한 적은 더더욱 없다. 그저 남들이 이루어 놓은 것을 당연한 줄 알고 쉽게 얻어서 편안하게 잘 살아왔다. 참으로 감사하다. 어이없고 황당하여 할 말을 잃은 딸들의 마음도, 애써 무시하고 혐오하는 친구들의 시선도 외면한 우리 부부는 일거삼득이 되는 일을 결정한 일은 참 잘한 것이었다고 뿌듯해했다. 언제쯤일지는 모르지만, 그때쯤이면 다 망가져 쓸모없을 마지막 남

은 몸뚱이 재가 되어 흙으로 돌아가기 전 요긴하게 한몫
쓰일 곳으로 기증할 수 있다는 것 또한 감사하다.

8

꼰대들의 합창

왁자지껄하다. 어젯밤의 끝자락을 잡고 마신 술이 아
직도 그들을 휘어잡고 있는지 신바람이 나서 해장국 집
을 찾아 나선다. 그들의 흐트러진 모습을 감싸주듯 덕유
산 자락을 살며시 헤치고 서서히 동녘 하늘을 붉게 물들
이며 쟁반같이 둥근 태양이 떠오른다. 어두움은 지난밤의
숱한 애기들의 여운을 남기고 슬며시 뒤로 밀려 나갔다.
소슬바람이 스치는 가을날은 유난히도 발그레한 햇빛이
곱디곱다. 쪽빛의 계곡물은 꾸불꾸불 바위틈을 불평 없이
속삭이듯 낮은 곳으로 은빛의 거품을 일으키며 잘도 흐른
다. 크고 작은 나무들은 고운 옷 갈아입을 채비에 분주하
게 바람결 따라 살랑살랑 나부끼며 우리보고 다음날 다시

오라고 손짓해 주고 있다.

남편이 해양대학을 졸업한 지가 50여 년은 지났나 보다. 아이들 한둘씩 낳을 무렵 항해 과 동기 아홉 가족이 모임을 시작하여 40여 년이 흘렀다. 일 년에 두 번 모인다. 자주 만나고 싶지만 각기 삶의 처소가 전국으로 포진되어 있으니 만나기가 그리 쉽지는 않다. 항해 중인 두세 사람은 으레 빠졌는데 이번에 다 모인 것은 행운이라고 싱글벙글이다. 남자들은 해상 생활 얘기에 시간 가는 줄을 모르고 꽃을 피운다. 죽음의 사자를 등에 업은 거대한 태풍을 시시때때로 만나는 그 험한 뱃길의 모진 생활이 지금은 추억이 되나 보다. 그 힘든 직업이 그리도 재미있는지 끝을 모르고 얘기꽃이 이어진다. 그래서 그들은 배를 타야 하는 팔자인가 보다. 그래도 참 다행이다. 또래의 다른 사람들은 앉으면 병원 다녀온 얘기가 주제인데, 아직도 청춘인 양 학창 시절 얘기부터 시작해서 배 탔던 얘기 현재 외국인들과의 항해 생활 얘기이니 얼마나 다행인가.

여인네들은 둘러앉아 아들딸 근황 묻고 손자와 손녀 앞다투어 자랑하느라 침이 마른다. 그중 한 사람이 말이 없다. 남매 중 한 명도 혼인을 하지 않았으니 자랑할 손자녀가 없다. 말없이 듣고만 있는 사람을 의식하고는 "에구, 눈이 얼마나 높기에 아직도 짝을 못 찾을까? 우리나라 총각들 다 눈이 멀었지! 호박이 넝쿨째 굴러올 것도 모르고 어디서 헤매고 있을까? 그 잘생긴 총각도 못 알아보고." 그집에서 "그러게 말이야, 다들 눈이 삤나 봐. 아니면 안 보이든가." 한숨 섞인 대답이 나오면 수다는 끝이다. 여인네들은 화제를 돌리고 고스톱판을 벌여서 다시금 깔깔대며 밤 깊어가는 줄을 모른다.

우리들은 단체 사진을 찍었다. 40여 년을 함께 한 흔적을 남기고자 밝은 모습으로 굳어진 손가락을 어설프게 하트를 날리는 포즈를 취했다. 오랜 세월 흩어지지 않고 동문의 우정과 가정 간의 사랑을 돈독히 지키며 살아온 그들이다. 선장으로서 자랑스럽게 가정을 지켰고 동문으로써 학교 명예를 빛내는 데 한 축을 지켜 왔다는 자부심이 대단하다. 그들은 누구든 만나면 자랑한다. "우리가요, 70이 다 되었지만 아직도 현직에서 일하고 있습니다. 30만 톤이나 되는 15층 높이에 300미터이니 아파트 두세 동은 합쳐야 할걸요. 그렇게 큰 배에 선장으로 말입니다. 그 배

선원들은요, 우리보다 덩치가 두 배는 더 큰 유럽 사람들이지만 그래도 우리 선장 지시에 꼼짝 못 한답니다." 점심을 먹는 식당 주인에게 너스레를 떤다. 사진을 찍어 주겠다고 나선 펜션 주인에게도 우리가요, 하고 자랑을 시작하는, 영어 사전에도 등재된 요즘 유행어 '꼰대'들이다.

함석헌의 시 「그 사람을 가졌는가」 중에 '만 리 길 나서는 날 처자를 내맡기며 맘 놓고 갈만한 사람 그 사람을 그대는 가졌는가' … 어쩌면 이들은 가졌다고 대답할 수도 있을 것 같다. 이렇게 행복해하는 이들을 신이 질투했나 보다. 한 사람이 몹시 아프단다. 항암과 방사선 치료를 번갈아 해야 한다고 한적한 자리에서 지친 얼굴로 너무 아파서 하루하루가 고통스럽다 했다. 백 세 시대라는데 칠십은 좀 아까우니 좀 더 살면 안 되느냐고 원망하듯 체념하듯 토해 낸다. 배 타면서 힘들다고 말한 것은 한낱 투정에 불과하리만큼 너무나 고통스럽단다. 그의 얼굴에는 지난날을 그리워하는 그림자가 드리워진다. 나는 아무 말도 할 수가 없다. 그저 얼마나 힘들까! 안타까운 눈빛만 보낼 뿐이다. 돌아오는 차에서 내내 가슴이 먹먹했다. 다 겪어야 할 일들이다. 단지 시간 차이뿐이다. 그의 아내에게 위로라고 말해 준 것이 후회된다. 시간을 왜 앞에서 겪어야 하느냐고 되묻는다면 난 아무 대답도 하지 못했을 것이다.

중국 사람들은 돈 쓰는 시간을 조금이라도 늦추고 싶어서 차례가 오면 뒤로 자리바꿈을 한다고 옛 어른들한테 들은 기억이 있다. 우리도 겪어야 할 순서라면 좀 더 뒤에 겪고 싶어 자꾸자꾸 뒤로 자리바꿈을 하지 않을까? 친구들이 건강한 모습으로 웃고 떠들 때 그 사람의 마음은 얼마나 비참했을까? 떠나기 전 즐거운 자리 만들어 주겠다는 아름다운 마음이 그에게는 되레 아픔은 되지 않았을까? 어떤 것이 정답이 있겠는가마는 우리로서는 최선이라고 믿을 수밖에 없다. 다만 그에게 조금이나마 위로되었기를 바랄 뿐이다.

꼰대들은 오대양 곳곳을 거친 파도와 싸우며 내 집 안마당인 양 유유히 항해할 것이다. 아직 젊은 날의 마도로스라고 착각하면서. 나는 기도한다. 내년에 만나서 단체 사진을 찍을 때에도 올해처럼 빈자리 없이 하트를 날리며 웃을 수 있게 해 달라고. 신은 구하는 만큼 주신다고 하지 않던가. 나는 그렇게 믿기에 오늘도 여명의 길을 재촉한다. 내년 그 후 내년에도…….

9

흙탕물에서 핀 연꽃은 더욱 아름답다

칸 영화제에서 황금종려상을 받았다는 영화 〈기생충〉을 관람했다. 반지하 생활이며 계단을 오르내리며 살아가는 빈곤층. 우리나라에서도 부유층에 있는 사람들은 듣지도 보지도 못했을 그 생활상. 우리나라의 특유의 가족 문화를 외국인이 어떻게 이해하고 큰 상을 주었을까 했는데 그 뒤로 계속해서 세계에서 제일 명예로운 아카데미상 4관왕을 휩쓸고 나니 내가 처음 볼 때 무엇을 놓치고 지나친 게 있나 싶어 큰딸하고 다시 관람했다. 이번에도 크게 달라진 것 같지 않은데 무엇이 세계의 영화인들을 사로잡았을까? 나의 영화 지식으로는 납득이 가지 않는다. 굳이 이해하려 할 필요는 없다. 이 나라 국민임을 자랑스럽게 생각하고 이 큰 영광의 기쁨을 함께 즐기면 된다. 그런데 끊임없이 영화 속에서 헤매는 이유는 무엇일까?

25년 전 큰딸이 대학에 입학할 즈음이다. 내가 운영하던 사업 확장에 잠시 눈이 멀어 함께 일하던 종업원의 간계로 나의 모든 것이 몰락해 가고 있었다. 딸은 그 과정을 알 리가 없고 서울로 입성했다. 대학 사정이 지금과는 아주 다르니 기숙사를 활용하기가 용이치 않았던 것 같다. 잠잘 곳을 마련하지 못해 고민하던 중에 목동에 친구가 살고 있는 집 반지하 방을 얻었다. 딱 한 번 가봤다. 뭐 이런 집도 있구나, 하는 정도로 생각했다. 불편하고 환경이 어떤지는 생각할 여유가 없었다. 부산에서 구경하지 못한 반지하 방이구나 생각하고 딸도 뭐 살 수 있겠다고 생각했을 것이다.

수시로 전화가 걸려왔다. 엄마 쥐가 방으로 지나다녀, 엄마 계단으로 물이 들어와, 엄마 곰팡이 냄새 때문에 버스 타기가 민망해, 엄마 여기서 학교까지 두 시간이나 걸려. 하루에 한 가지씩 울면서 전화가 오지만 나는 어떤 대책도 세워 줄 능력이 없었다. 그냥 그렇게 참고 살아 주길 바랐다. 그렇게 울며 볶면서 일 년 가까이 살다 학교에서 멀지 않은 옥탑방을, 룸메이트를 찾아서 이사하게 됐다. 나는 그곳은 한 번도 가보지 않았는데 딸의 말에 의하면 한남동 꼭대기라서 오르내리는 고생이 부산에서 그 많은 계단으로 단련되었어도 버티기 어려울 만큼 높은 곳이라 했다. 하지만 햇볕이 환하게 들어오고 문이 잘 닫혀 쥐가 들어오지 않아서 아주 살기 좋은 집이라고 너무 좋아했다. 그것도 잠깐이었고, 여름을 지나면서 겪은 옥탑방의 고충은 상상을 초월할 정도라고 했다. 더운 게 아니라 뜨겁다고 표현했다.

지난여름 서울 시장이 서민의 아픔을 함께하겠노라 하면서 옥탑방 체험하는 방송을 봤다. 방이 아니라 찜통 그 자체다. 아마 나의 딸은 그 이상 고통스러웠을 것 같다. 시장은 보여주기 위해서의 한낱 퍼포먼스이니 참고 견딜 만하겠지만 정말 없어서 참고 견뎌야 하는 차이는 어느 무엇으로도 계량할 수 없다. 그럼에도 딸은 엄마에게 원망의 소리 불평의 소리도 하지 않았다. 그것으로 만족하게 여기며 살아 준 딸이 고마웠다. 반지하 방에서 산꼭대기 옥탑방을 전전하면서 공부를 마친 그 딸이기에 지금 그 힘들고 어려운 험한 길을 꿋꿋이 헤쳐 나가는 밑거름이 된 것이라고 나의 부족함을 위안 삼고 싶다. '젊어서 고생은 은을 주고 사서도 한다' 하지 않던가. 그래서 나는 딸에게 특별히 미안하다는 생각은 하지 않으려 한다. 속담처럼 고생은 값진 그것으로 생각했다. 요즘 젊은 세대에서는 가당치도 않은 꼰대의 말이라고 할지 모르겠지만 어쨌든 난 그렇게 믿고 싶었다.

영화를 보고 나오면서 딸이 내 팔짱을 끼며 묻는다. "엄마, 나 지하 방에 살 때 마음이 어땠어요?" "글쎄." 대답이 궁색했다. "영화 속의 장면, 장면이 내가 살던 목동 그 집하고 너무 똑같아. 봉 감독도 그런 집에 살았던 경험이 있을까? 화장실이 높이 있어서 앉아서 고개를 약간 숙이고 볼일 봐야 하는데 목이 아플 때도 있어. 그 장면은 좀 다르더라." 나에게 동의를 구하듯 나를 빤히 바라보는데 나는 그 눈을 피했다. "어떤 날은 밤중에 어디로 들어왔는지 쥐가 이불 위로 마라톤을 해. 그럴 때는 난 무섭고 징그러워 불 켜놓고 밤을 하얗게 새운 적이 한두 번이 아니고 시커먼 바퀴벌레가 펄펄 날아다니는 건 또 어쩌고, 거기다가 개미는 왜 그리도 많은지." 몸서리치는 시늉을 하며 몸을 흔들었다. "그런데 엄마, 참 신기하다. 지하 방 앞을 지나가는 사람들은 절대 고개를 숙이고 들여다보지 않는다. 나름대로 지하 방 사는 사람의 자존심 지켜주는 예의인지 모르겠지만 고개를 돌리지 않고 지나간다. 안에서 바라보면 꼭 피노키오 다리들이 걸어가는 인상이야." 후후 재미있다는 듯 웃는다.

가슴이 아려 온다. 내가 미안해하지 않았던 게 아니라 일부러 모른 척했던 것 같다. 젊을 때의 고생이 거름이 되고 거울이 되어 현재 처해 있는 어려운 일들을 잘 헤쳐 나갈 것이라는 내 생각이 절대적으로는 아니겠지만 아주 틀리지는 않았다고 믿고 싶다. 가난이라는 아픔이 상처가 되어 치유하지 못한 채 안고 고통스러워할 수도 있겠다는 생각도 하게 되는데, 다행히 상처가 아닌 밑거름으로 지난날을 추억 삼아 지방의원으로서 힘들고 어려운 서민들 눈물 닦아주며 그들 편에 서서 자기 몸 돌볼 새 없이 열심히 일하고 있는 딸이 대견하고 고맙게 느껴진다. 딸아, 흙탕물에서 핀 연꽃이 가장 아름답단다. 너의 일상이 모두를 위해 행복을 주는 아름다운 꽃이었으면 한다. 차마 염치가 없어 속으로 중얼대며 딸의 팔짱을 꼬옥 쥐어봤다.

10

오월의 판타지

겨울을 아직 벗어나지 못한 잔뜩 찌푸린 날씨에 앙칼진 바람까지 불어 그저 우울하기만 한 봄날이다. 밖에서는 "독재정권 타파하자! 전두환은 물러나라! 대통령을 우리 손으로 뽑게 하라!" 거리 곳곳에서 외치는 학생들과 이들을 저지하는 전투 경찰들 양쪽이 다 팽팽하게 긴장하고 있다. 물고문을 받던 서울 대학생 박종철의 죽음 이후 부산에서는 더더욱 격렬하게 시위하는 것 같다.

나의 가게는 부산 미문화원 뒤편에 자리하고 있다. 보니 허구한 날 최루탄 연기 마시는 고통을 겪어야 했다. 잠시 잠잠하면 전경들은 삼삼오오 둘러앉아 간식을 먹으며 휴식을 취하지만 학생들은 어딘가에 숨어서 작전을 짜는지 모습이 보이지 않는다.

　가게를 운영하는 사람들은 하루빨리 사태가 종결되기만을 고대하지만, 어느 편을 지지할 수도 없고 그저 안타까운 마음뿐이다. 학생들을 보면 응원하고 경찰을 보면 혀를 끌끌 차면서 안쓰러워하곤 했다. 오늘은 대학생이고 내일 군에 가면 전투 경찰이고 보니 이념이 다를 리 없겠지마는 위치에 따라 서로가 적이 되는 가슴 아픈 현실이다. 나는 아직 자녀가 대학생은 아니었지만, 젊은이의 정의에 불타는 뜨거운 피에 내 가슴도 달궈진다. 가끔 전경들에게 빵과 음료를 대접하고 미문화원을 점거하고 있는 학생들에게는 얼마의 간식비를 건네주곤 했다. 오늘은 다행히 최루탄 연기가 없어서 그나마 살만한 날이다. 이럴 때 손님이라도 한 팀 들어오면 이까짓 기분쯤은 얼마든지 바뀌는데, 중얼거리며 오가는 사람들의 발걸음만 세고 있다.

　오후 3시쯤, 슬픔을 온몸에 짊어져 무거운 나머지 발자국도 옮기기 힘들 것 같은 중년 남자가 문을 밀고 들어왔다. 직원이 눈이 휘둥그레지며 기어들어 가는 소리로 "어서 오세요" 하고는 다음 말을 잇지 못한다. 내가 얼른 일어나 "어서 오세요. 이리 앉으시죠." 자리를 안내했다. 부산의 명동이라는 광복동에 있는 웨딩드레스 가게는 사방이 거울로 채워지고 하얀 웨딩드레스가 제각기 아름다운 자태를 뽐내며 조명을 받아 걸려 있고 각종 액세서리가 다른 장식이 필요 없을 만큼 화려하게 진열되어 있다. 행복에 들뜬 예비 신랑 신부들 또는 무슨 대단한 일이나 하는 것처럼 의기양양한 어머니들이나 찾아오는데, 차림새를 봐도 전혀 관계없어 보이는 추레한 남자의 출현에 직원들은 의아했던 것이다.

그 남자는 권하는 소파에 힘없이 털썩 주저앉았다. 따끈한 차를 준비시켜 대접하며 그 남자가 왜 왔는지 눈치를 살폈다. 따끈한 차가 쌀랑하게 식을 때까지 아무 말이 없다. 남자는 감정이 조금은 진정된 듯 침을 꿀꺽 삼키고는 입을 열었다. "저어, 혹시 면사포를 살 수 있을까요?" "그럼요. 그런데 면사포만 사시게요?" "네, 그게…" 두 눈에 눈물이 고이는 걸 억지로 참아내며 말하려다 목이 메는지 말을 잇지 못한다. 아무리 생각해도 이 남자의 의도를 읽을 수가 없다. 대개는 한 두어 마디만 하면 상대를 꿰뚫어 보는데 오늘은 나의 촉이 영 작동하지 않아 쓸

모가 없는 것 같다.

　한참이 흘렀다. 그 남자는 침을 다시 한번 꿀꺽 삼키고는, "어제 저녁에 제 아내가 교통사고로 죽었어요. 내일 발인을 합니다. 그런데 저희가 결혼식을 못 했어요. 우리는 신년 때마다 5월에는 결혼식을 올리자고 약속했습니다. 5월의 신부가 되고 싶다고 했습니다. 하지만 사는 게 팍팍하다 보니 10년이 넘도록 식을 못 올렸지요. 올해에도 5월 15일에 꼭 식을 올리자고 약속했는데, 그만 이런 일을 당했습니다. 그래서 생전에 면사포 쓰는 게 소원이었던 아내에게 면사포를 관에 넣어주고 싶어서요, 관속에 넣어도 괜찮을까요?" 남자는 눈물을 주르르 흘린다. 10년 넘게 웨딩사업을 하고 있지만 처음 있는 일이라 가슴이 먹먹했다. 가게 안에 침묵이 흐른다.

　면사포는 화학 섬유이다. 이것을 관 속에 넣고 매장하면 몇백 년이 지나도 썩지 않을 것이고, 화장한다면 타고 남은 화학물질 찌꺼기가 남을 것 같고… 옳고 그름의 판단이 서질 않는다. 전통 혼례부터 세계 각국의 예식에 대해 지식을 쌓았지만, 장례에 대해서는 문외한이다. 전문가가 어떻게 나올지는 모르겠지만 그에게 맡기기로 하고 지금은 이 남자가 위로받는 것이 우선일 거라는 생각이 들었다. "그렇게 하시면 부인께 많은 위로가 될 것 같습니다." 하고는 면사포와 화관을 팔았다. 그 남자는 감사하다는 말을 몇 번이고 하며 꾸벅 절을 하고는 떠나갔다. 나의 가슴 한편에서 먹먹함이 꿈틀거린다.

그 시대에는 생활이 어려워 식을 올리지 못하고 가정부터 꾸린 사람들이 참 많았다. 결혼식은 하나의 의식일 뿐이지 사랑과 믿음만 있으면 되는 것 아니냐고 돼먹지 않은 논리를 주장하는 사람들도 있지만 의식이 부부간의 생각에 얼마나 큰 비중을 차지하는지 나는 누구보다도 잘 알고 있다. 동거생활은 도덕적 윤리에 어긋난 부끄러운 일로 여겨졌기에 자식들한테도 숨기고 이웃들에게도 숨겼다. 옛 어른들은 '사모관대'와 '원삼에 족두리'를 쓰지 않으면 저승 가서도 어른 대접을 못 받는다고 했다. 그래서 그들은 결혼식 올리는 것을 삶의 숙제처럼 여겼다. 늦게라도 결혼 날을 잡고 웨딩드레스를 예약하러 온 나이 많은 신부는 아주 큰일을 해낸 것 같이 뿌듯해하며 나이 어린 신부보다 더 행복해하는 모습을 종종 보곤 했다. 웨딩드레스 가게는 신부와 대개 한 달간의 교제를 한다. 예약하고 가봉하고 신부 화장을 예약하고 폐백 음식도 주문하고 때로는 주례도 주선하고 야외 촬영 예약까지, 모든 것이 우리 가게에서 이루어지다 보니 여러 번 만나게 되는데 동거하다 식을 올리는 신부는 그간의 속앓이를 털어놓느라 우리가 많은 시간을 할애해야 하는 고충도 있었다.

5월 셋째 주 15일이다. 어느 부부가 행복한 꿈을 안고 기다리던 날이다. 정신없이 예약된 예식을 다 마치고 잔뜩 지친 몸을 기대고 앉아서 하얀 면사포를 보며 얼마 전 떠난 그녀를 떠올렸다. 대개는 점술가가 근로자가 많이 쉬는 첫째 주나 셋째 주가 길일이라고 잡아준다. 그녀도 5만 원 주고 길일을 잡았을까? 형편이 어려우니 주중 오늘을 정했을 것 같다. 그녀는 오늘을 어떤 마음으로 맞이할까? 행여 썩지 않는 면사포와 화관이 그녀의 저승길을 방해하지는 않을까? 아니면 천사처럼 아름답게 꾸미고 훨훨 날아다닐까?

나에게 그 부부는 생생하게 5월을 가르쳐 주었다. 웨딩드레스 입고 결혼식 올리는 것을 평생소원으로 마음 아파하는 사람들의 소원을 풀어 줘야 할 것 같았다.

구청장을 찾아가 무료로 결혼식 올려 주는 일을 의논했다. 나는 신부를 아름답게 꾸미고 장소는 구청 회의실, 주례는 구청장, 축가는 부녀회 합창단, 이렇게 해서 아주 멋지게 합동결혼식을 치르기로 했다. 첫해에 10쌍의 결혼식을 치렀다. 힘든 만큼 보람도 있었다. 사십대, 오십대의 주름진 얼굴에 신부 화장을 곱게 하니 영락없는 새색시들이다. 눈물을 글썽이며 "나도 결혼사진 걸어 놓을 수 있다. 평생소원을 풀었다"라면서 고맙다는 인사를 몇 번이고 했다. 인사를 받을 때마다 나는 5월의 그녀에게 감사했다. 해가 갈수록 합동결혼식 신청자가 줄어들기도 했고 나의 사업도 시대의 흐름에 따라 접어야 했다. 70을 훌쩍 넘긴 지금에 와서 돌이켜 보니 그래도 조금은 남을 행복한 순간을 만들어 준 일이 있었구나, 다시 한번 5월의 그녀에게 감사한다.

11
딸 덕에 비행기 탔네

세상을 살아가면서 여러 부류의 사람들을 만나게 된다. 이런저런 얘기를 나누다 보면 으레 나오는 말이 "자녀는 몇이세요?" "예, 딸 둘이에요." "아들은 없어요?" 묻는 의도를 나는 안다. 자신에겐 아들이 있다고 알리는 것이다. "예, 없어요." 딱하다는 표정으로 말에 힘을 주면서 위로의 말을 한다. "요즘은 아들보다 딸이 더 좋대요. 아들 가진 엄마는 기차(노인 할인되는 무궁화호) 타고, 딸 가진 엄마는 비행기를 탄대요." 본인은 인정하고 싶지 않겠지만 딱히 위로의 말이 없으니 흔히들 쓰는 말로 대신한다. 난 위로가 전혀 필요 없는 사람인데. 단 한 번도 아들을 간절히 원했거나 부러워해 본 적이 없으니까.

누구든 자기 잣대로 상대를 생각하고 판단하는 것이고 나는 수시로 듣는 말이라 그냥 흘려버리고 별 반응이 없으면 다음 말이 이어진다. "왜, 하나 더 낳아보시지요." "아뇨, 난 아들 못 낳는 여자거든요." 그쯤 되면 오지랖을 접고 말이 없다.

사실 나도 아들 생각을 딱 한 번 해본 적은 있다. 조카의 육군사관학교 졸업식에 참석했었는데, 사관생도들의 멋진 제복과 늠름한 모습, 화려한 졸업식 광경을 보면서 '나도 아들이 있어서 저렇게 키워봤으면' 하는 생각이 들었다. 막연히 부자가 되고 싶다든지, 명예를, 권력을, 하는 정도로 말이다.

딸이 있으면 비행기를 탄다는 말이 그다지 싫지도 좋지도 않았지만, 무의식중에라도 사실이기를 바랐을지도 모른다. 모녀 관계는 유난히 따스하니, 알뜰살뜰하게 보살핀다는 뜻으로 해석한다고 하더라도 말이다. 지금에야 동남아 여행이다 제주도 관광이다 해서 비행기 타는 횟수가 빈번하지만, 40~50년 전만 해도 새마을호 타면 VIP 대접을 받았으니, 비행기는 오죽 대접이 좋을까 말이다.

지금은 여자들의 활동이 남자를 능가하기도 하는 시대이지만, 남아선호사상이 뿌리 깊었던 70년대에는 둘만 낳아 잘 기르자는 구호에 따르는 것은 강한 소신과 의지가 필요했었다. 외도해서 아들 낳아온다면 어떻게 할 것이냐고 겁박 비슷한 동네 아주머니들의 얘기도 웃음으로 넘겼다. 명절에 시골에 가면 시아버지는 내 절도 받지 않으셨다. 쓰잘머리 없는 딸뿐이니 당신의 아들 제사는 누가 지내 주느냐고 혀를 끌끌 차는 시아버지의 곱지 못한 홀대를 받기도 했다. 하지만 모든 일은 말대로 된다고 했던가? 난 얼마 전에 비행기를 탔다. 그것도 무려 13시간이나 말이다. 워싱턴에 있는 딸이 출산을 앞두고 있어서 친정 어미로서의 소임을 다하기 위해서다. 아하! 이래서 딸 가진 엄마는 비행기를 탄다고 했나 보다.

미국이라는 땅에 발을 딛고 얼마 동안을 지내보니, 왜 많은 사람이 이곳에 오기를 갈망하는지 조금은 알 것 같다. 넓고 넓은 땅덩어리는 나무와 잔디로 뒤덮여 있고, 건물은 높아야 5층이고, 대부분의 집들은 1, 2층으로 띄엄띄엄 자리 잡고 있다. 사람들은 여유롭고 넓은 집 마당에 잔디와 꽃을 가꾸며 자유 속에서 질서를 지키면서 자신들만의 사랑이 아닌 온 세계를 사랑으로 전파하겠다는 신의 축복을 받은 나라. 오늘이 소중하고, 현재가 감사한 마음으로 여유로움 속에서 밝은 표정으로 만나는 사람마다 "Hi" 인사하고, 옷깃만 스쳐도 "Excuse me" 열린 문을 잡아주기만 해도 "Thank You"를 연발한다. 좀 더 젊어서 이 땅을 밟을 기회가 있었다면 아마 나도 이곳에 머물 궁리를 하지 않았을까?

병원의 의료시설이나 산모와 아기에 대한 프로그램은 의료진의 편의를 위주로 하는 것이 아닌, 철저히 산모와 아기를 존중하는 의사와 간호사의 사고에 또 한 번 감탄했다. 내가 아기를 낳을 때 병원에서 밤새 진통하고 있어도 띄엄띄엄 간호사가 들여다보며 아직 문이 안 열렸네요. 한마디 건넬 뿐 산고의 고통은 온전히 산모의 몫이라는 태도였는데 이곳에서는 밤새 의사 한 분과 간호사 두 분이 산모와 함께 곁에서 밤을 새운다. 산모가 얼마나 안심이 될까? 과연 선진국이구나 고개를 끄덕였다. 새벽 3시 새 생명이 세상에 던져지는 순간 아빠가 탯줄을 자르게 한다. 그러고는 바로 엄마의 가슴에 안겨 준다. 아기는 그제야 힘찬 울음으로 존재를 나타낸다. 거꾸로 들고 엉덩이를 때려 울리는 우리나라 산실 분위기와는 완전히 다른 데 어느 것이 우월한지는 나는 모르겠지만 무언가 안정적이고 아기의 존재를 깊이 존중한다는 느낌은 받았다. 울음소리가 세상을 울리니 미국 시민으로서의 소셜넘버(주민등록번호)를 주기 위해 아침 일찍 관리국에서 찾아온다. 아기의 이름이 준비되어 있어야 했다.

'지민 김 정(Jimin Kim Cheong)' 본인의 이름과 엄마 아빠 성이다. 서류에 사인이 되는 순간부터 아기는 출생신고가 완료되며 미국 시민이 된다. 아기의 배꼽에 달려있던 센서와 부모의 손목에 둘러져 있던 띠를 확인한 다음 퇴원시켜 준다. 배꼽에 있는 센서를 제거하지 않고 데리고 나가면 경고음이 울린다고 한다. 아이 유괴를 방지하기 위한 시스템인 것 같다. 퇴원하는데 병원비가 없다. 이상해서 사위에게 물었더니 나중에 집으로 청구서가 온다고 했다.

퇴원 수속이 끝나니 퇴원 후에 어느 소아과병원에서 예방접종을 할 것인지 알려야 하고, 퇴원할 때 아기가 타고 갈 카시트가 준비되어야 간호사가 직접 카시트에 아기를 눕혀서, 안전띠 매는 방법을 설명하면서 직접 매어준다.
나는 카시트라는 것을 처음 보았다.

여기까지는 참 좋았다. 꿈같은 일들이다 싶고, 과연 선
진국답다 싶었다. 약 1개월이 지날 무렵부터 청구서가 날
아오기 시작하는데, 무슨 항목이 그렇게도 많은지 자그마
치 8,000달러 가까이다. 정상 분만이니 망정이지 수술해
야 한다면 몇 만 달러도 된다고 했다. 한국의 정상 분만의
20배도 훨씬 넘으니 참 어마어마한 비용이다. 미국에 있
는 한국 사람들이 미국의 비싼 의료비 때문에 정기검진이
며, 기타 병원 치료를 받기 위해 한국에 온다고 하더니, 그
말이 실감이 난다. 우리나라 양반들 돈이 얼마나 많기에
요즘 많은 뉴스거리가 되는 원정 출산을 오는 것일까? 대
단한 능력에 찬사를 보내고 싶다. 다행히 의료비 탕감에
여러 방법이 있긴 있단다. 일단 사회 보장보험을 주 정부
에 신청했는데, 지원해 줄 수 없다는 답변이 왔다. 다른 기
관에도 문을 두드려 보고 그곳도 안 되면, 병원과의 거래
에서 우는 소리를 하면 많이 깎아주기도 한다고 하니, 완
전 제멋대로인 것 같다. 다방면으로 길을 모색 중이니 잘
될 거라 믿는다. 딸을 순산하고 행복하게 젖을 먹이는 딸

아이의 모습을 보면서 '너도 먼 훗날 비행기를 타겠구나'
생각해 본다.
　딸이라고 위로할 일도, 아들이라고 자랑할 일도 아닌 것
이 세상의 섭리인 것을.

　2006년 겨울 버지니아에서.

12

밥 한 술

일주일 전 보존식으로 냉동실에 보관했다가 오늘은 버린다. 매일같이 그날의 음식을 담아서 일주일간 보관한다. 만약에 어떤 사태가 일어난다면 이걸 가져다 분석한다. 식중독 원인인지 아니면 조리 과정에 위생의 문제가 있었는지 불량 식품이었는지를 검사하기 위해 그날의 음식을 덜어서 일주일 동안 냉동 보관한다. 나는 시니어 사회 사업단에서 노인 일자리로 이곳 어린이집에서 주방 보조로 일을 한다. 매일같이 이 음식을 음식물 쓰레기에 미련 없이 버린다. 정말 아깝다. 한 사람의 한 끼 식사다. 버릴 때마다 죄를 짓는 것 같은 미안함이 든다.

일주일 냉동실에 있었으면 뭐 어떠한가. 이 하얀 쌀밥이 얼마나 소중한지. 도저히 버릴 수가 없다. 우리 엄마가 이 밥을 숟갈로 떠서 주는 것도 고마웠는데 한 덩이 얻을 때는 얼마나 기뻤을까? 생각이 머리를 스치고 지나는 순간 나는 밥 덩이를 비닐봉지에 담아 앞치마 주머니에 넣는다. 잠시 후면 퇴근이니 쉽게 녹지 않아서 남의 눈에 띄지는 않는다. 이게 도둑질이라고 해도 나는 버릴 수가 없다. 벼 농사를 지어본 적은 없지만 쌀 한 톨이 생산되기까지 77번의 농부 손길이 간다고 한다. 아무리 먹거리가 풍족해졌다 해도 없어서는 살 수 없는 귀한 쌀밥을 버린다는것은 우리 엄마나 농부에게 죄를 짓는 것 같다.

내 나이 네 살이 되던 해 6·25 동란으로 인해 우리 다섯 식구는 황해도 연백에서 여수로 배를 타고 피난 왔다. 부둣가에 앉혀 놓고 주먹밥 두 끼 주고는 각자 알아서 살아가라 했다. 금방 돌아오리라 믿고 바가지 두 짝, 쌀 한말 짊어지고 다섯 식구가 내려왔으니 막막한 삶이었다. 정읍까지 올라와 어느 문간방을 얻어서 겨우 잠자리는 해결했지만, 끼니가 걱정이다. 아침이면 엄마는 바쁜 걸음으로 어느 동네로 향한다. 연기가 나지 않는 집부터 찾아가서

대문에서 기웃거려 부엌에서 밥을 짓는지 밥을 먹고 있는지를 살핀다. 제일 얻기 쉬운 시간이 밥을 먹는 때다. 숟가락 딸그락거리는 소리가 들려오면 반가운 마음에 발걸음은 바빠진다.

기어들어 가는 소리로 "저 피난민입니다. 밥 한 술만 주세요." 말하면 대개는 자기 밥그릇을 들고 나와 크게 한 술 떠서 준다. 어느 집에서는 밥을 다 푸고 누룽지를 한 주걱 주고 어느 집에서는 작은 그릇에 따로 퍼주기도 하고 조금 늦은 집에는 상에서 남은 밥을 다 주기도 한다. 차근차근 동네 한 바퀴를 돌면 바가지에 밥이 차고 된장이나 김치를 얻는 날에는 반찬까지 해결되는 재수 좋은 날이다. 뒤돌아서서 동네에 절을 한다. 다섯 식구의 아침 식사를 내어준 분들에게 하는 감사의 인사다. 밥 바가지를 들고 배고파하는 자식들 눈망울을 생각하며 숨이 차도록 바쁜 걸음을 옮길 때마다 얼마나 많은 눈물을 흘렸을까? 황해평야 기름진 오천 평이 넘는 내 땅, 뒤뜰과 마당이 넓은 내 집을 버려두고 밥 동냥을 하는 이 기막힌 세상을 누구에게 하소연하란 말인가?

　부지런히 달려와 아침을 먹이고는 열한 살짜리 아들을 데리고 산으로 가서 점심도 굶고 땔감 나무를 한다. 아들에게 지게를 지우니 지겟다리가 아들 키보다 길다. 지게 다리를 잘랐다. 장날 지게를 지운 열한 살 아들을 앞세우고 엄마는 한 짐 머리에 이고 삼십리 길을 걸어가 종일 기다려 나무를 팔면 제일 싼 메좁쌀을 산다. 좁쌀은 알이 작아서 숫자가 많으니 늘려 먹을 수 있으니 다음 장날까지 저녁에 시래기죽으로 먹을 수 있다. 어떤 날은 나무를 팔지 못해 다시 나무를 이고지고 돌아와야 할 때는 그 마음은 얼마나 쓰리고 아팠을까? 지금도 생각하면 가슴이 미어진다. 배 타기 전에 쌀 한 말 더 가져오겠다고 집으로 되돌아갔던 아버지를 우여곡절 끝에 정읍에서 만났다. 참나무 숯 만들어 팔아서 먹고 살겠다고 계룡산 골짜기로 들어갔지만 숯 장사도 뜻대로 되지 않으니 쌀이라고는 꿈에서도 구경 못 하고 쑥하고 시래기로 보리를 찧어서 연명하느라 얼마나 배고픈 고생을 했는지. 엄마는 살면서 밥 알 하나도 버리지 못했고 쌀밥을 먹기에 너무 황송해서 반드시 잡곡을 섞었다. 우린 하얀 쌀밥은 명절 때만 먹었다. 그때마다 노랫가락처럼 밥 얻어먹던 아픔에 쌀밥의 귀함을 읊어 댔다.

나는 엄마가 밥 얻으러 다녔다는 정읍 동네 골목길도 훤하게 보인다. 어떤 집은 쌀밥이었고 어떤 집은 잡곡이 쌀보다 많았고 어떤 집은 숟가락이 작아서 한술 밥이 너무 적었다고. 어느 집에서는 죽이라서 미안하다며 한술 떠 주는 집도 있었단다. 그래도 거절당하지 않은 것만도 고마웠던 집집의 모습들, 어느 집에서는 개가 짖으며 뛰어나와 밥 얻은 바가지를 엎어서 빈손으로 울면서 돌아왔던 아픈 이야기, 나무를 이고 아들 앞세워 삼십리 길을 걸어가던 길이며 산속에 들어가 숯 구워 팔러 가던 길이 마치 내가 다녔던 것 같이 훤하다. 엄마의 얘기를 들을 때마다 가슴이 아프고 엄마의 지난 세월이 불쌍해서 말을 끊은 적도 많았다. 엄마의 아픔이 내 아픔으로 밀려오는 것 같아 듣기 싫었다. 하지만 엄마는 그 고생의 아픔이 치유가 안 되는지 아니면 추억인지 레코드판처럼 되울렸다. 그 레코드판은 89세로 멈췄다. 황금벌판을 속절없이 버리고 밥 동냥 하던 한 많은 세상을 엄마는 어찌 견디셨을까? 엄마의 한을 좀 더 위로해 주지 못한 것이 후회와 아픔으로 남는다.

가끔 외식하게 되면 음식이 이것저것 많아 밥이 남는다. 주저 없이 싸 온다. 호텔 약혼식에서 남은 음식을 싸고 있으니 주위 사람의 표정이 싸하게 느껴지는 때도 있었다. 예전에는 남편도 못마땅해했고 사람들의 시선도 좀 의아해했는데, 요즘에는 남은 음식 포장해 가져가는 것이 많이 보편화된 것 같다. 남은 음식 가져가겠다고 하면 준비된 용기나 비닐봉지를 가져다준다. 일회용이 마음에 걸리기는 하지만 이것도 다시 재사용하자 하는 마음이다. "너는 부자 되겠구나. 그런데도 왜 부자가 못 됐니?" 친구들의 비아냥거림을 수없이 들었었는데, 지금은 친구들도 남은 음식을 포장해 가져간다. 내 몫이 적어졌지만 나 하나의 삶이 습관이 그들에게 많이 전파되었구나 싶어 뿌듯하게 생각한다.

13
맏이의 멍에

"아버지요. 내 약속 잘 지켰지예, 이만하면 잘 살았지예, 지는 정말 힘들었거든예."

영화 〈국제시장〉의 마지막 장면에서, 아버지의 사진 앞에서 주인공 덕수는 힘들었던 지난날을 독백으로 토해 낸다. 1950년 12월 흥남에서 메러디스 빅토리아 군함에 오르려다 손을 놓친 딸을 찾으려 배를 타지 않고 헤어지면서 가족을 지켜달라던 아버지의 당부를 지키는 것은 얼마나 큰 멍에였을까? 동생들의 학비를 마련하기 위해 선장의 꿈을 포기하고 서독 광부로 생사의 위험을 넘나들며 일했고 총알이 날아다니는 월남전에 가서도 돈을 벌었다. 가족의 삶을 이끌어 갔던 주인공 덕수의 삶과 나의 삶이

겹쳐 내 가슴에 묻어 두었던 감정이 새싹이 흙을 헤치고 올라오듯 가슴을 꾹꾹 찌르며 치밀어 올랐다. 엔딩 크레 딧이 올라갈 때까지 흐느껴 울었다.

1961년 초등학교 졸업할 때 대전 시장이 주는 효녀 상을 받았다. 나의 효심이 지극해서가 아니고 그 당시의 관례였겠지만 어쨌든, 나에게 그 상이 주어졌다. 상품으로는 27종 스테인리스 밥그릇 두 벌. 사기그릇에서 스텐으로 막 전환되는 시점이라 엄마들에게는 인기 있는 귀한 상품이었다. 엄마는 동네에 자랑을 했는데 무슨 상을 받은 게 중요한 게 아니고 스테인리스 그릇이 더 좋아서 자랑했을 것이다. 그때부터 나에게 효녀라는 멍에가 씌어졌는지는 모르겠지만 오빠의 사업 실패로 꼼짝없이 부모님은 내 몫이 되었다.

두 여동생에 조카까지 부양해야 했다. 자본 없이 할 수 있는 쥬단학 화장품 외판원을 열심히 하여 대리점에서 우수 사원이 되기도 했다. 짬짬이 캐시미론 담요, 금반지, 텔레비전, 냉장고 등 주부들이 간절하게 필요는 하고 목돈은 없고 하니까 열한 명이 계를 하여 살림을 한 가지씩 장만했다. 계주는 한몫을 받게 되는데 현금으로도 주니까 살림에 많은 보탬이 됐었다. 콩깍지가 두 겹으로 씌워진 마도로스를 만나서 친정 부모와 함께 사는 조건으로 28살에 만혼했다. 나는 계속 돈을 벌어야 했고 엄마는 아이들을 돌보면서 집안 살림을 도맡아 했다.

애들은 다 자라고 동생과 조카도 떠나고 나니 엄마는 내가 돌봐야 하는 부담스러운 존재로 느껴지기 시작했다. 한 달 넘게 치과에 다니는데 기다리는 시간이 짧아야 한 시간이고 어떨 때는 한나절을 온전히 보내야 했다. 하루는 너무 오래 기다리게 한다고 간호사에게 있는 대로 패악질을 해댔다. 돌아오면서 뒷자리에 앉아 계신 엄마를 룸미러로 보는 순간 가슴이 덜컥 내려앉아 온몸이 저려 왔다. 주름진 엄마의 얼굴에 두 줄기 눈물을 보았다. 엄마는 분명 내 맘속에 숨겨둔 생각을 다 읽고 계신 것이었다. 나는 미안하고 죄스러운 마음을 들키지 않으려고 못 본 척하면서 자신에게 따져 물었다. 네 딸이 이가 아파 병원에 다닌대도 그토록 귀찮아할까? 병원비가 아깝다고 할까? 도리질했다.

6·25 전쟁, 바가지 두 짝에 쌀 한 말 이고서 곧 돌아오리라 믿고 피난 내려온 부모님은 오 남매 굶기지 않으려고 억척스럽게 남의 집 일을 했고 이름자는 쓸 줄 알아야한다고 학교도 보냈으니 그 몸이 오죽했으랴. 나이 들어서는 두 손녀 업어 키우느라 무릎이 망가졌음에도 병원 모시고 다니는 일이 힘들고 짜증이 났고 밤에 다리 주무를 때는 왜 그리 졸리고 팔이 아픈지 정말 싫었다. 딸 집에 얹혀사는 죄인 아닌 죄인으로 노후를 보내는 엄마의 마음을 헤아리기보다 엄마를 모신다는 자만이 내 맘속 깊이 똬리를 틀고 있으니 엄마가 군식구 같다. 어쩌다 외식이라도 할라치면 딸들이 "할머니는?" 물었다. 하지만 나는 네 식구만 오붓한 시간을 갖고 싶었다.

어쩌다 엄마가 늦게까지 기척이 없다. 엄마의 방문 손잡이를 잡으면서 이대로 돌아가신다면 기대하는 생각이 번개처럼 스치는 순간 나 자신에게 놀랐다. 놀란 가슴을 쓸어안으며 방문을 열었다. 잠든 엄마를 말없이 바라보았다. 이불이 들썩인다. 반가워 큰소리로 "엄마, 일어나세요. 웬 늦잠이세요?" 엄마는 부스스 일어나 앉으며 "다리가 쑤시고 흔들려서 밤잠을 설쳤구나." 아! 어젯밤에는 내가 늦

게 들어와 다리를 주물러 드리지 못했구나, 순간 몹쓸 생
각을 했던 것이 미안하고 죄스러운 마음에 구십을 바라보
는 엄마의 품속에 더럭 안겼다.

분홍 한복을 곱게 차려입은 엄마의 사진 앞에서 푸념
했다.

엄마, 나 정말 힘들었어요. 엄마가 계시니 남편과 싸움
한 번 못하고 시어른들 오시면 혹시나 무슨 말을 할까 좌
불안석이었지요. 나는 손가락에 가락지 하나 없어도 동생
들은 갖추어 시집보내느라 얼마나 힘들었다고요. 내 동생
이기에 앞서 엄마의 딸이라는 생각이 앞섰던 것 같아요.
엄마가 다리 아파 잠 못 이루고 거실에서 서성이면 발걸
음 소리에 김 서방 잠 깰까 봐 슬며시 나와 손잡고 들어가
다리를 주무르면 엄마는 "팔 아프다, 그만해라. 이젠 괜찮
다." 밖에서 서성이다 잠을 깨운 것을 그저 미안해하는 엄
마의 가슴 아프고 서러웠을 그 마음을 다 헤아리지 못했
던 것 정말 미안해요.

엄마는 빙긋이 웃으며 말해주는 것 같다. 넌 나의 최고
의 맏딸이요 심청이 못지않은 효녀란다. 너는 든든한 남

편이자 아들이었어. 무던하고 자상스러운 사위도, 예쁜 손녀들 키우는 행복도 네가 나에게 준 선물이었어. 그러니 누가 뭐라 해도 너는 효심이 깊은 장한 내 맏딸이란다. 그렇게 말해주지 않을까? 나는 눈가를 훔친다. "엄마, 정말 그래?"

14

울 엄마는 문옥희

초등학교 입학을 앞둔 손자가 아직 한글을 모른다. 학
교 가서 한글을 모르면 애들에게 놀림을 당할지도 모른다
는 생각에 가르쳐 보기로 했다. 딸이 "엄마, 국문과 실력
좀 발휘해 보시지요." 놀림인지 미안함인지 분간은 안 되
지만 실행해 보기로 하고 초성부터 시작했다.

왜 딸이 포기하고 국문과 운운하며 나에게 바통을 넘겼
는지를 깨달았다. 개구쟁이 손자는 연필을 손에 들고 열
자를 못 넘기고 자리를 뜬다. 길어야 3분 정도이다. 딸만
키워서 사내아이 생태를 모르는 것인가 하면서도 도저히
가르칠 수가 없다. 그래도 제 어미 아비가 포기한 걸 내

가 기필코 해내리라 오기 아닌 오기가 발동했다. 나름대로 수단을 부려가며 한자씩 익혀 나가다 보니 한 달이 지나면서 조금씩 배워 가는 모습이 보였다. 뿌듯하고 대견스럽기도 했다.

의기양양해하는 내 모습을 지켜보던 사위가 "저는 3학년 때까지도 한글을 몰랐었는데요." 그래도 명문이란 명문은 다 다녔으니 너무 애쓰지 말라는 뜻을 은근히 비친다. 자네 머리만 닮은 게 아니라 내 딸 머리도 닮았을지 모르지 않는가. 혼잣말로 중얼거렸다.

엄마는 글을 모른 채 한 세상을 살다 가셨다. 글을 몰라서 얼마나 갑갑하실까 하는 생각을 해 본 적이 별로 없었던 것 같다. 그냥 몰라도 살아가는데 괜찮은가 보다 생각했다. 한번은 엄마가 대전에 가신다고 길을 나서는데 집에서 이웃 아주머니들하고 수다 떨면서 엄마에게 그냥 86-1번 버스 타고 가시라고 했다. 집 앞에서 타니까 잘 타고 가려니 했다. 그런데 대전에서 엄마가 도착할 시간에 전화가 왔다, 아직 도착을 안 했다고. 나중에 알고 보니 숫자만 보고 반대 방향으로 타서 한참을 가다 보니 부산역이 아닌 영 낯선 곳이라 내려서 물어물어 다시 부산역까지 돌아오느라 기차 시간을 놓치고 다음 차를 탔다고 했다. 엄마는 시계 보는 숫자는 익혔으니 노선 번호는 아셨지만 글을 모르니 종점 방향은 모르신 것이었다. 엄마가 차를 잘못 타서 기차 놓치게 되고 얼마나 긴장하고 막막했을까? 얼른 모셔다드릴걸. 20분이면 충분할 거리를 왜 그랬을까? 차표도 사서 잘 모셔 드릴걸. 미안함에 사과는커녕 너무도 마음이 저리고 아파 내가 길 건너서 타라 했는데 왜 말을 안 들었느냐고 되레 면박을 주었다.

사위가 신문을 찾는다. 그때마다 엄마는 신문을 코에다 대고 냄새를 맡는다. 당일에 배달된 신문은 인쇄 기름 냄새가 강하다. 그렇게 해서 오늘의 신문을 가져오는 그 재치에 그저 깔깔대고 웃기만 했었다. 해방되고 한글 배우라고 사랑채에 불러 앉히고 가르치는데 '라랴 러려'가 혀가 잘 안 돌아가서 그만두었는데 그때 좀 참고 다녔으면 이름자라도 쓸 수 있었을 거라고 주절주절 말할 때도 나는 그냥 지난 추억담으로 들었다. 피난 시절 무시래기 죽으로 연명해도 이름자는 써야 세상 살아가지, 하면서 허리띠를 졸라매고 자식들 공부시키던 엄마에게 배움의 절실함이 있을 거라고는 생각지 못하고 그냥 남들과 같이 따라 사는 줄 알았다. 내 딸들이 어릴 때 한글을 가르쳐 주지 않았어도 TV 프로그램 제목을 외워서 한글을 깨우치길래 엄마도 그렇게 하면 배울 수 있을 텐데, 엄마는 그냥 그렇게 살아도 괜찮은가 보다 했다.

시어머니를 교회로 인도했다. 교회를 다니면서 하시는 말씀이 뒷집에 누구는 한글을 깨쳐 성경을 읽고 하는데 나는 글을 몰라서 교회 가서 좀 멍청하게 앉아 있으려니 부끄럽다면서 교회 가기를 꺼리시기에 그때부터 한글을 가르쳐 드렸다. 처음에는 이름부터 쓰게 하였는데 '전정립' 이름을 쓰시더니 아하! 내 이름자가 이렇구나! 하시며 이제껏 이거 하나도 모르고 살았구나, 큰 숨을 내쉬는 시어머니 눈가에 한이 서려 있음을 보았다. 아! 울 엄마도 이 마음이었을 텐데 모시고 살면서 고생 안 시키면 최고의 효도인 줄 알았지, 엄마가 글을 몰라 얼마나 불편할까를 생각지 못했다. 그렇게 엄마는 이름자도 모른 채 어두운 세상을 사셨구나.

나는 영어 공부를 한다고 떠들기만 했지, 제대로 공부한 게 없다. 번번이 몰라서 휴대전화 검색을 해보고 남편한테 통 맞아가며 물어보면서도 더 알고자 노력도 하지 않는다. 울 엄마도 글을 몰라도 요만큼만 불편하고 그저 넘길 만했을까, 아니면 더 많이 답답했지만 차마 묻지도 못하고 포기 상태였을까, 남들처럼 몰라서 부끄럽다느니 답답하다느니 푸념 좀 하시지 않고. 그랬으면 지금 손자 가르치듯이 가르쳐 드렸을지도 모르는데 나의 무지함을 되레 엄마에게 원망을 해 본다. TV에서 어르신들 한글 공부하는 모습이 종종 방영된다. 엄마 살아계실 때는 왜 저런 환경이 안 됐을까? 가슴이 미어진다. 청아한 가을 하늘을 향해 손가락을 들어 '문옥희'를 쓴다. 엄마! 엄마 이름은 이렇게 쓰는 거야.

파란 하늘 흰 구름이 뿌옇게 흐려진다.

15

친구 솜씨를 믿을게

카톡, 카톡.

작은딸이 석 장의 백합 사진을 보냈다. 엄마, 정원에 백합꽃이 예쁘게 피었어요. 백합꽃을 보니 엄마가 밤새워 신부 부케 만들던 모습이 떠오르네요. 우리 집 화단에 핀 백합꽃이 이렇게 청순하고 고고하게 아름다운지 미처 몰랐네요. 백합 사진을 보고 딸이 보낸 글을 읽는 순간 눈시울이 뜨거워졌다. 딸들이 엄마가 밤새워 일하는 모습을 기억하고 있었구나. 웨딩드레스 가게를 운영하면서 주말만 되면 신부 꽃다발을 만들었다. 백합꽃잎을 따서 철사로 고정하고 테이프로 칭칭 감으면 꽃잎 하나가 오뚝이 자태를 갖춘다. 열 송이 가까이 따서 감아놓으면 한 다발이 된다. 동백 잎이나 클로톤 푸른 잎을 또 철사로 고정해 테이프로 감아 한 다발 만들어 놓고 다시 백합꽃잎과 동백 잎을 모아 예쁘게 부케를 만들어 놓고 신랑 꽃과 혼주 꽃, 주례와 사회자까지 해서 일곱 개를 만들고 나면 두 시간이 훌쩍 지나간다. 예식이 많으면 직원들과 함께하기도 하지만 한두 개 정도는 집으로 가져와서 나 혼자 밤이 늦도록 만들었다. 아마 딸들은 잠결에도 그런 모습을 많이 보았었나 보다.

나는 딸들이 엄마의 어떤 모습들을 기억하고 있는지 알지 못한다. 늘 바쁘기도 했고 대학교부터 떨어져 살았으니, 엄마에 대한 추억이 별로 없는 줄 알았다. 웨딩드레스처럼 엄마도 함께 그렇게 화려한 삶이었을 것이라 기억하고 있지는 않을지 하는 생각도 했었는데, 엄마가 밤늦도록 일하는 모습을 기억하고 있었다니 그 시절의 힘든 생활을 인정받고 마치 보상받는 것 같아 뿌듯했다. 어느 일이든 힘들지 않을까마는, 웨딩드레스 사업은 겉으로는 화려한 매장에서 곱게 단장하고 손님만 대하는 것 같이 보이지만 나름대로 숨어 있는 일들이 너무 많았다. 인륜지대사라는 부담 때문에 신부나 혼주들은 아주 작은 실수에도 그냥 넘기는 일이 없다. 주례나 피아노 반주, 폐백 음식에 결혼사진까지 결혼의 일체를 우리가 섭외해서 주관한다. 가끔 작은 사고들이 생긴다. 그럴 때는 모든 책임이 오롯이 드레스 가게 우리 몫이 되기 때문에 금요일부터는 긴장의 상태라서 친구도 만나지 않는다. 남의 대사에 막중한 임무이니 조금의 실수도 용납되지 않는 정말 힘든 일이었다.

얼마 전에 친구가 베트남 아가씨를 며느리로 맞게 되었다. 드레스와 모든 것은 베트남에서 가져왔는데 부케가 없다고 나보고 해달라고 했다. 잠시 머뭇머뭇했다. "아니, 내가 어떻게 만들어? 손 뗀 지가 20년이 지났고 세월이 흘러 유행도 많이 바뀌었는데, 요즘 시대에 맞는 부케를 만들 수 있을까?" 했더니 친구가 "예전의 솜씨 한번 발휘해 봐. 그 실력 어디 안 가고 손과 머리에 오롯이 남아 있을 것이니 아무 염려 말고 만들어 주게나. 부탁해." 막무가내다. 걱정이다. 인터넷을 뒤져 보고 웨딩 책자도 찾아보고 드라마에서 웨딩 장면도 유심히 지켜보았다. 요즘은 꽃다발이 작아졌고 아주 모던한 스타일이다. 꽃시장에 나갔다. 백합 한 단(10송이)에 이만 오천원, 부모 꽃 장미 2만원, 부재료 만원. 꽃값이 그렇게 비싼 줄 미처 몰랐다.

다음날 3시 결혼식이니 아침에 만들면 되겠지 하고 잠을 청하니 걱정에 잠이 오질 않는다. 잠은 내일 저녁에 자기로 하고 새벽 1시부터 만들기 시작했다. 백합을 송이째 쓰고 작은 액세서리만 살리기로 하고 만드는데 맘과 뜻대로 되지 않는다. 부재료가 시원치 않은 탓도 있지만 도구도 없고 손도 둔하고 리본 만드는 것이 생각이 나질 않아 몇 번이나 풀고 매고 했던지 더듬거리며 만들다 보니 아침 8시에 끝을 맺었다. 예쁘기는 했지만 이렇게 오랜 시간이 걸릴 거라고는 상상도 하지 못했다. 예전같이 꽃잎을 따서 만들지도 않고 송이째 뭉쳐서 만드는데 왜 이렇게 오랜 시간이 걸렸을까? 그저 백합 아홉 송이 뭉쳐 놨을 뿐인데,

한 시간이면 충분할 일을 일곱 시간이 걸려 만든 부케를 들고 결혼식장으로 향하는데 어처구니가 없어 헛웃음도 나오지만 한편으로는 많이 설레기도 한다. 나에게 아직도 부케를 만들 수 있는 재주가 남아 있다는 것이 뿌듯했고 친구에게 한 가지 걱정을 덜어준 것 또한 뿌듯하다. 멀리 대마도가 보이는 부산 영도 야외 결혼식장이다. 쪽

빛 바다에 일렁이는 윤슬이 눈이 부시다. 크고 작은 배들이 마치 결혼식을 축하해주는 듯 깃발을 펄럭이며 유유히 미끄러지듯 지나고 있다. 이곳저곳 돌면서 식장을 구경하니 참 한가롭다. 오랜만에 보는 야외 결혼식장이다. 이곳이 이렇게 아름답고 멋진 곳이었나 새삼스럽다.

　웨딩업에서 손 뗀 지 20년이 지났다. 내가 만든 부케를 들고 입장하는 신부를 보니 잠시 잠깐 지난날들이 스쳐 지나간다. 예전에는 예식에 참석해서도 여유롭게 앉아 있을 수도 식사를 할 수도 없었다. 드레스가 제대로 입혀졌는지 뭐 빠진 것은 없는지, 행여 도우미가 어떤 실수라도 하지 않을까 늘 조바심이었다. 그래서 신부의 얼굴은 친지나 친척이라도 기억을 못 한다. 무사히 예식을 마친 것에 만족할 뿐이었다. 오늘 베트남 신부가 유난히 아름답다. 부디 아름다운 이곳에서 잘 살아주길 바라는 마음을 가득 안고 축하해 주었다.

쓴 뿌리

부산 광복동에 웨딩드레스 가게를 운영하며 그런대로
사업이 잘 돌아갔다. 그러나 실장으로 고용한 직원의 농
간과 분에 넘치는 사업 확장에 발목이 잡혀 10여 년 소송
에 휘말렸다. 그동안 일구어놓았던 사업은 바닥을 쳤고 갈
곳이 없어 친정 여동생으로부터 도움을 받아 유배지 가듯
진해에 작은 아파트 세를 얻을 수 있었지만 구석구석 진
빚은 자고 나면 한군데씩 불거져 솟아 올라왔다. 다행히
남편의 직업이 고소득이어서 남편이 배에 승선만 한다면
빚을 갚아나갈 수 있다는 현실이 나를 버티게 했다. 배 타
는 게 진력이 난다고 나의 사업에 편승했다가 익모초보다
더 쓴맛을 모질게 당한 남편은 떠밀리듯 배에 승선을 했

고 차근차근 빚을 갚았다. 그 세월이 10년이 걸렸다.

어느 여름 형제들이 소 한 마리 잡아서 잔치 아닌 잔치가 벌어졌다. 그해에는 유난히도 소 값이 하락하여 차라리 잡아서 형제들 간에 나눠 먹는 것이 훨씬 득이라는 이론이었다. 나는 많이 힘든 처지였지만 참석했다. 오랜만에 만난 형제들 간의 화기애애한 분위기가 좋았다. 둘러앉아 이런저런 얘기가 나왔고 나의 힘든 얘기도 나왔다. 다 사는 게 여유롭지 않은 터라 그저 마음의 위로만 전할 수밖에 다른 무엇도 어찌할 수 없음에 모두가 안타까워했다. 이때다 싶어 동서에게 쌀 한 말(아래 지방은 윗 지방 두 말이 한 말이다) 주시길 청했다. 그 자리에서 아버님 장례 치르려면 쌀이 필요해서 줄 수 없다고 했다. 아무리 생각해도 거절할 명분이 아니다. 두 달만 있으면 벼 수확을 할 것이고 그 안에 쌀이 부족하면 이웃에서 추수해서 갚기로 하고 빌릴 수도 있는데, 나는 논 살 때 4부 이자 돈 빌려서 주고 이자와 원금을 갚느라 얼마나 힘들었는데 그까짓 쌀 한 말이 그렇게 대단할까?

3년 후 시아버지는 돌아가셨다. 그 당시 그 지방 풍습

이 조의금을 바가지에 쌀 두 되쯤(충청 이북지방 두 되가
아래 지방 한 되) 담아온다. 그러면 그 바가지에 이것저것
장례에 치를 음식 준비한 것을 담아준다. 이바지라고 한
다. 장례가 끝나고 나니 그렇게 들어온 쌀이 두 가마니나
된다. 나는 3년 전 아버지 장례에 쌀이 있어야 한다고 나
한테 쌀 한 말을 거절했던 동서의 그 말이 귀에 생생하게
되살아나며 화가 나기도 하고 뭔가 배신당한 기분에 어찌
할 바를 몰랐다. 이 동네에서 나서 지금껏 이 동네를 떠나
보지 않은 사람이 이 동네 풍습을 모를 리 없을 텐데 그렇
게 엉뚱한 핑계를 댔구나! 슬펐다. 다시는 이 큰댁에 발걸
음 하지 않으리라 했지만 그건 그 순간이고 시간이 흐르
면 아무 일도 없는 가족이다.

시아버지 기일이 5월 5일이다. 작은딸 해산일이 그즈음
이라서 큰애를 내가 데리고 시골에 가는 중 산기가 있다
고 병원에 입원했단다. 이대로 큰집에 가야 하나 아니면
딸네 집으로 가야 하나 고민을 했다. 병원에 훌륭한 전문
의사가 있으니 무사히 해산할 것이라 믿고 큰집으로 향했
다. 제사를 마치고 돌아오는 길목에서 나는 또 한 번 서운
함에 몸부림쳤다. 옆집에서 아기를 낳아도 축하하며 산모

밥 지어 주라고 쌀 한 되 가져다주는 시골 인심인데, 하물며 조카가 해산했다는데 그 많은 농사에 쌀 한 말 안 주다니 형님의 마음을 이해할 수가 없었다. 나는 큰집 조카들 해산할 때마다 축하금을 보냈는데. 내가 보태서 산 논에서 일 년이면 몇 말은 도지세를 줄 수도 있을 텐데 그건 모른다 치더라도 조카딸이 해산했다는데 화물로 보내지는 못하지만 돌아오는 차에 쌀 한 말 실어 줄 수는 없었을까? 정말 서운해서 눈물이 가려 운전을 할 수가 없었다. 다시는 발걸음을 하지 않으리라 마음먹었다. 먹은 맘 사흘을 못 넘긴다는 말이 맞나 보다.

어느 해 여름 옥수수 한 박스를 보내왔다. 너무 반가워 "형님, 웬 옥수수를 이렇게 많이 보내셨어요?" "응, 올해에는 옥수수를 좀 많이 심었고 잘 열렸네. 자네가 어머니 계실 때 와서 옥수수를 얼마나 맛있게 먹던지, 생각이 나서 좀 보냈네." "형님, 너무 고맙습니다. 맛있게 잘 먹겠습니다." 눈물이 핑그르 목이 메인다. 언제부터인지 가끔씩 가을이면 고춧가루와 고구마, 겨울이면 유자차와 겨울의 별미 감태지를 보낸다. 고맙고 민망스러워 일흔이 넘은 나이에 힘드실 텐데 그만 보내시라 하면 '자네에게 받은 게 얼마나 많은데, 이렇게 텃밭이 있는 집을 사주어서 편안하게 농사짓고 있다고 내가 늘 고맙게 생각하니 부담 갖지 말게나, 할 수 있어서 한다네.' 시어머니 말씀같이 사랑이 담겨 따스하다.

모처럼만에 큰댁을 찾았다. 세월의 흔적으로 시숙 어른의 허리가 많이 굽어 힘들어하신다. 마음이 아팠다. 병원에 가실 것을 권해서 순천 신경 정형외과 병원에 모시고 갔다. 여러 가지 검사를 받는 동안 형님과 찻집에서 그윽한 커피 향을 즐겼다. 우리의 마음을 편안하게 휴식시켜 주었는지 형님이 조용히 말문을 여신다. "자네가 집 사주고 논 사주고 땅 사준 것 다 아는데 이번에 천만 원 빌려간 돈 갚지 말게, 그 돈으로 자네 은공 다 갚았다 하겠는가 마는." 말끝을 흐린다. 나는 그렇게 고맙지 않다. 고작 그 돈 주면서 생색을 내는가 싶은 비뚤어진 마음에 순간 속이 뒤틀리면서 옛날에 내가 받은 상처들 얘기가 나온다. 쌀 한 말 얘기며 또 다른 얘기들을 말하는 순간에 감정이 복받쳐 눈물이 쉼 없이 흐른다.

홀쩍이는 나의 손을 잡고 형님은 "그랬는가! 난 아무것도 모르겠는데 그리 서운했다면 다 내가 부족함이었으니 다 잊어버리게. 이젠 지난 일 다 잊고 앞으로 얼마 남지 않은 날 좋은 맘으로 살아가세나." 평생 듣고 싶었던 말인지도 모른다. "그럼요, 나쁜 맘이 있었으면 이렇게 발걸음 하겠습니까? 돌아갈 때는 다시는 안 와야지 하다가도 가족인데 하면 다 잊어요. 그런데 오늘은 형님이 먼저 지난 얘기 꺼내 그간의 일들을 고마워해 주시는 것에 감정이 복받쳐서 가슴에 묻어야 하는 안 해도 될 말을 쓸데없이 많이 했네요. 다 지난 일이니, 형님도 오늘 제가 푸념한 말 마음에 담아두지 마세요. 저는 일전에 빌린 천만 원 갚지 말라 하셔서 정말 감사합니다. 오늘 제 얘기 들어주시고 제 마음을 위로해주신 것이 더 감사해서 오늘부로 모든 쓴 뿌리는 다 캐서 불태워 버리겠습니다." 형님은 몇 번이고 미안하고 고맙다 했다.

어느 일타 강사가 말하길, 마음의 상처는 지난날의 아픔을 인정받지 못해서 치유되지 않는 것이라고 했다. 그 말이 절대적으로 맞는 것 같다. 시댁 식구들이 인정해 주고 감사하게 생각하고 있다는 것이 큰 위로가 되어 나는 오늘 그 상처를 깨끗이 치료받은 것 같다. 이제는 지난 상처에 아파하지 않을 것 같다. 유리창으로 들어오는 맑은 겨울날의 햇살이 나의 얼룩진 얼굴을 살포시 감싸준다. 순천병원에서 진단받은 결과에 흡족해하며 형님은 완도행 버스에 몸을 실었고 나는 부산으로 향했다. 50년을 일 년에 두세 번씩은 다닌 이 길이 오늘은 왠지 가깝게 느껴진다. 내가 이 길을 몇 번이나 더 다니려나.

17

신이 내린 망각의 축복

그동안 5·18 광주 민주화 사건에 대한 여러 책을 읽
으면서 흥분하고 분노하고 슬퍼 눈물 흘리곤 했다. 영화
〈택시운전사〉는 가볍게 접어들었다. 조용필의 '단발머
리'를 부르며 경쾌하게 시작되고 노련한 배우의 코믹함
도 즐거웠다. 그 시대의 생활도 공감을 느꼈고 내가 처음
으로 구입했던 부리사 차가 등장하니 더욱더 즐거웠다.
잠깐이었다. 이 영화는 결코 즐겁지 않았다. 생지옥 터널
을 나와 다시금 단발머리를 부르며 서울 거리를 운전할
때까지 나는 내내 울었다.

밀린 월세를 갚을 수 있는 거금 10만 원 준다는 말에,

다큐멘터리 〈기로에 선 대한민국으로〉 계엄 아래의 삼엄한 언론 통제를 뚫고, 유일하게 광주를 취재해 전 세계에 5·18의 실상을 알린 위르겐 힌츠페터를 태우고 들어갔다. 이들이 광주까지 가는 길, 광주에서 만난 사람들, 그리고 그 과정에서 택시 운전사의 마음속 행로를 따라가는 〈택시 운전사〉는 실재했던 두 사람의 관점이 가진 생생함을, 1980년 5월 광주 사람들의 이야기를 풀어냈다. 낡은 택시 한 대가 전 재산으로, 홀로 어린 딸을 키우는 서울의 평범한 택시 운전사. 그의 택시를 타게 된 독일기자 위르겐 힌츠페터는 '사건이 있는 곳은 어디든 가는 것이 기자'라고 담담하게 말한다. 이 둘의 공통점은 인간의 기본적인 '도리'에 충실하다는 점이다. 택시비를 받았으니, 손님을 목적지까지 무사히 태워줘야 한다는 만섭의 도리와 고립된 광주에서 벌어지고 있는 일을 알려야 한다는 피터의 도리에서부터 〈택시 운전사〉는 출발한다.

　한강의 『소년이 온다』라는 광주 민중 항쟁을 엮어낸 소설에는 도리에 충실한 동호가 있다. 친구와 공수 부대에 쫓겨 달아나다 총에 맞아 쓰러지는 손을 놓치고 혼자 도망을 갔다. 혼자 돌아온 죄책감에서 친구를 찾아 시체실

을 뒤지다 즐비하게 뉘어 놓은 관속의 시체 신원 확인하
는 일을 돕게 된다. 너무나 처참한 모습이어서 인상착의
는 적을 수가 없고 입은 옷이나 색상, 신발, 성별, 키 정도
를 적어서 관 위에 얹어 놓으면 유족들이 찾아와 확인하
는 동시에 트럭에 실려 나갔다. 계엄군이 쳐들어오니 6시
까지 하고 돌아가라는 선배의 권유를 받고 시체를 두고
가야 하는 갈등을 빚는데, 엄마가 찾아와 함께 집에 가자
고 한다. 6시에 가겠노라고 엄마를 먼저 보낸다. 엄마는 일
찍 들어와 저녁을 같이 먹자고 했다. 그러겠노라고 약속하
지만, 계엄군에 동호는 죽음을 맞게 된다.

그들이 만나는 광주 사람들 또한 마찬가지다. 가장이자
아빠인 소시민 택시 운전사 '황태술'과 평소 운동권도 아
니었던 평범한 광주 대학생 '구재식'. 그러나 양심과 상식,
인간의 도리 면에서 이들은 자기가 할 수 있는 일을 한다.
비장한 사명감이나 신념 이전에 사람이 해서는 안 되는
일에 맞서서 사람으로서 자기가 해야 할 일을 할 뿐이다.
인간에게 분명 양심과 도리는 존재한다. 그 질이나 양도
같을 것이라고 믿고 싶다. 하지만 그 질량을 어느 쪽에 중
심을 두느냐에 따라서 선과 악, 옳고 그름의 구별이 이루

어진다. 택시 운전사는 아빠로서 딸에 대한 도리를 하고자 서울로 향했지만, 순천까지 갔던 길을 되돌려 광주로 가는 것은 운전사의 도리였다.

1980년, 그 시대에는 TV가 흔치 않았다. 5·18 뉴스를 본 사람이 얘기를 전하면 그대로 믿는다. 유언비어에 관한 판단도 없다. 하와이 것들이 빨갱이들과 손잡고 김대중이를 교도소에서 꺼내려고 폭동을 일으키고 있으니 죽어도 싸다는 논리다. 전라도 사람은 모조리 빨갱이고 이 나라에서는 사라져야 할 존재들이다. 경상도가 뿌리인 기성세대 대부분의 생각이었다. 이전에는 하와이 것들이라고 적대시하더니 한술 더 떠서 빨갱이들이다. 남북으로 잘린 것도 통탄할 일인데 동서로 갈려 이토록 멸시하는 것은 문필가 조영암이 쓴 전라도 하와이 설과 이승만의 정치욕에서 비롯되었다.

전두환 군부 독재 계엄령을 해제하고 민주정치를 외치는 학생운동이 전국적으로 퍼지고 있으니 유독 광주를 표적으로 공수부대를 진입시켜 학생들을 무자비하게 학살하는 바람에 시민들이 분개해서 거리로 뛰쳐나온 사실을 남편이 외국에서 나오는 뉴스를 들어 훤히 알고 있지만 그 얘기는 이 사람들 앞에서는 한마디도 꺼낼 수가 없었다. 얼마나 그 표현이 과격한지 사실을 말한다면 나한테도 그 자리에서 몰매를 칠 수도 있겠다 할 정도로 적대 감정이 대단하다. 어떤 이는 전라도 사람에게는 물건도 팔지 않았었다. 아이들이 놀다 싸움이 벌어져 전라도 아이에게 맞았다고 하면 마치 양반집 아이가 쌍놈 아이한테 맞은 것 같이 억울하고 분해하였다.

전라도에 가면 주유소에서 부산 차에는 기름도 팔지 않는다고 휘발유를 차에 싣고 갔다. 후에 안 일이지만 전라도 놈 물건은 어느 한 가지도 취하고 싶지 않아서였다. 시댁이 전라도라서 자주 다녀왔지만, 경상도 험담하는 소리를 한 번도 듣지 못했는데 왜 그리도 미워하고 빨갱이 취급하는지, 한 나라에서 산다는 것만으로도 우리는 아끼고 사랑해야 할 한민족의 도리라고 생각한다. 그해 여름 시댁에 다녀오는 길에 주유하는데 주인이 차에 먼지가 많으니, 수도에서 세차하고 가라는 친절을 보였다. 사실과 다른 것에 고착된 이념은 정말 무섭구나!

『소년이 온다』의 구절이 지금도 내 가슴을 울린다. 6시에 돌아오겠다 한 동호를 기다리는 동호의 엄마는 한여름 폭염에도 아스팔트 길에 서서 참 따땃하구나, 해는 아직도 머리 위를 비켜 가지 않았건만 6시만을 기다린다. 자식을 가슴에 묻은 아픔이 얼마나 큰가를 느끼는 순간 온몸이 저려온다. 오죽하면 부모는 뒷산에 묻고 자식은 가슴에 묻는다고 했겠는가. 영화관을 꽉 메운 사람 중에 그 시대를 경험한 세대가 꽤 많아 보였다. 그 사람들은 자식의 억울한 죽음 앞에서 오열하는 장면이나 무자비하게 총질하는 장면을 보면서 아직도 전라도 사람들은 죽어 마땅한 빨갱이라고 생각할까? 아니면 어떤 생각을 할까? 최소한 남의 죽음에 애도할 도리는 있어야 하지 않을까? 인간에게 신이 내린 최고의 선물이 망각이라니, 아마 그들은 망각이라는 신에 축복으로 배우의 웃고 우는 장면에 한순간 힐링을 했다고 하지는 않을까?

18

이제는 알 수 있어요

"언니! 나 방송통신중학교에 입학하기로 했어."

오랜만에 보는 나에게 하는 첫마디다. 마치 초등학교 입학하는 어린아이만큼이나 들떠서 만나는 사람마다 자랑한다. 말없이 밝은 미소만 보냈다. "그렇게 기뻐?" "기쁘기만요, 요즘 잠도 설쳐요." "진정으로 입학을 축하하네, 지금부터 공부해도 늦지 않아. 앞으로 실컷 할 수 있을 거야. 기념으로 내가 가방 하나 선물해 줄게. 가죽이라 좀 무겁다 했더니 친구가 가벼운 것으로 선물해 줘서 얼마 쓰지 않았어. 자네가 마음에 들었으면 좋겠는데." "그렇게 좋은 걸 준다면 나는 감사하죠. 잘 쓸게요." 거울 속에서 두 얼굴에는 그저 즐거운 웃음만이 가득했다.

미용실을 운영하는 그녀는 5년 전쯤 야간 중학교를 가려 했다. 등교 시간이 오후 4시여서, 단골손님들의 편의상 포기할 수밖에 없다고 아쉬워했다. 나는 포기하지 말 것을 권했지만 많은 고민 끝에 결정했노라고 말하면서 눈시울을 적시던 모습이 스쳐 지나간다. 학교 가는 것을 포기한 줄 알았었다. 그녀는 포기하지 않고 배움의 갈증을 채울 수 있는 길을 이리저리 찾았다. 손님들에게 불편을 주지 않고도 자기의 꿈을 실현할 수 있는 방송통신학교였다. 한 달에 두 번 일요일만 등교하여 선생님과 수업하고 나머지는 사이버로 강의를 듣는 것이었다. "언니, 진작 이런 학교가 있는 걸 몰랐던 게 아주 아쉬워요. 저번 야간학교 포기할 때 이 학교를 알았더라면 지금은 고등학교 다니고 있을 텐데." "지금부터 시작해도 30년은 충분히 할 수 있을 테니 너무 아쉬워 말아." "아이고 언니, 30년이면 내가 90이 넘는데 그때까지 할 수 있겠어요?" "원장의 집념이면 충분히 가능해. 어쩜 40년도 할 수 있을지도 모르지!" 우린 그렇게 웃으며 행복해했다.

속초 바닷가에서 초등학교를 졸업하고 중학교에 입학

한다는 것은 상식으로도 가당치 않은 고기잡이 어부의 가정이었다. 일찍이 기술을 배워야 가난을 면할 수 있을 것이라는 마음에 부산에서 미용실을 운영하는 외숙모 집에 내려왔다. 기술을 가르쳐주겠다던 외숙모는 집안일과 아기 보기와 미용실 허드렛일만 시키고 미용 기술을 가르쳐주겠다는 약속은 아마 기억 속에서 지워버린 듯했다. 아기를 업고 미용실 허드렛일을 하면서 짬짬이 어깨 너머로 기술을 익혔다. 미용 기술이라는 것이 눈으로 익힌다고 되는 것은 절대 아니었다. 손끝으로 감각과 기교를 익혀야 하는 일이니, 수년이 걸려도 머리 인두기 '컬' 한번 잡아볼 기회가 없어 외숙모 잠든 밤에 나와서 들키지 않게 연습했다. 10년이 지나 요행이 자격시험에 합격했다. 그때의 감격은 세상을 다 얻은 것 같았다고 했다.

다른 미용실에 무임금 조건으로 보조로 취직하여 눈치껏 기술을 연마하여 당당히 미용사로서 사회의 대열에 합류했다. 오직 기술만이 나의 삶이요, 기술만이 성공의 지름길이라는 목표로 밤낮을 가리지 않고 일했다. 미용사로 대접받고 단골손님도 늘고 돈도 조금 여유가 생겼다. 꿈에도 그리던 아담한 미용실을 가질 수 있었다. 모든 꿈을 다 이룬 줄 알았다. 가끔 무언가에 목마름을 느꼈다. 그것이 배움에 대한 갈증이라는 것을 알았다. 목마름을 채우려고 여러 가지 길을 찾던 끝에 방송통신학교를 만났다. 그녀는 하늘이 내려준 행운이라고 생각했다.

"언니, 태풍이 생기는 원리를 배웠는데 잊어먹었어. 설명 좀 해줘. 방정식은 아무리 봐도 통 모르겠어. 언니가 좀 가르쳐 줘." 나뿐이 아니다. 다른 손님한테도 기회가 되는 대로 묻는다. 한 가지 한 가지 알아가는 기쁨에 젖어 무엇이든 묻고 또 묻는다.

"언니, 숙제가 있는데 가장 많이 생각나는 사람한테 편지 쓰기야. 언니가 좀 써 줘. 언니는 40년을 한결같이 나를 지켜봤으니 나 자신보다도 언니가 더 잘 알 것 같은데 내가 누구한테 편지 쓰고 싶을까 생각해서 써 줘." 난 웃으며 "그러지. 얼마 전에 보낸 엄마한테 써보자." 효녀였던 원장의 마음을 담아 짧게 써 줬다. 읽고 나더니 "언니가 내 마음을 나보다 더 잘 짚어주네! 눈물을 주르르 흘리며 아마 이 편지 내면 내가 일등할 것 같은데." 오랜 시간 손님으로, 또는 인생의 선배로서 많은 시간을 보내면서 혈연 같은 끈끈한 정이 깊어졌나 보다.

　남들은 환갑을 지난 나이에 중학교 공부하는 게 뭐 그리
자랑이라고 수선을 떠느냐고 말할지 모른다. 배움에 대한
갈증은 어느 무엇으로도 대신 채울 수가 없다. 때론 가난
이 몸부림치도록 원망스러웠다. 손님들에게서 지적인 용
어나 외래어가 나올 때 멍한 나의 태도, 지나고 나면 얼굴
에 화롯불이 있는 것 같은 무안함, 겪어보지 않은 사람은
모를 거라고 했다.
　좋은 기술을 배웠고 그 기술로 인해 지금껏 살면서 경
제적인 것도 충족했고 손님들을 만족하게 해주는 재주로
보람을 느끼며 잘 살았으니 크게 아쉬울 것은 없을 거라
고 생각했다. 누구든 자기만의 아픔이 없겠는가. 원장의
아픔이 그랬구나. 그렇게 아팠구나, 나 또한 늦깎이로 공
부한 처지이니 원장의 아픔이 내 가슴을 작은 방망이로
두드렸다.

　새로운 학문을 배운다는 희망으로 원장의 가슴은 커다
란 풍선만큼 부풀어 높이 오르고, 세상을 바라보며 소리
쳐 부르짖고 싶을 것이다. "나도 알아, 태풍의 눈이 만들어

지는 이치를. 알파벳을 읽고 쓸 줄 알아, 영어 단어도 외우고 있어, 또 수학의 방정식을." 다양한 지식이, 더 깊은 지식이 원장의 가슴과 머리에 차곡차곡 쌓이길 바란다. 그리고 가난은 원망의 대상이 아니었다고, 나에게 축복을 안겨준 선물이었다고 웃으며 말할 수 있었으면 한다. 원장의 학교생활이 지치지 않도록 영원한 지지자가 되어주며 함께 행복한 순간들을 가꾸어 갈 수 있도록 하나님께 간절히 기도해야겠다.

19

나도 명절 증후군이 있었네

어김없이 설날이라는 명절이 다가오고 있다. 큰딸에게서 전화가 왔다. "엄마, 지금 뭐하세요?" "응, 드라마 보고 있어. 왜 무슨 할 말 있어?" "아니 그냥, 엄마 뭐 하고 있나 해서 얼마나 심심할까, 하는 생각도 들고." "너 시댁에 안 갔니?" "우리 집에서 명절 보내기로 해서 시부모님하고 시숙 식구가 여기 계셔요." "그래, 내가 보내준 생선으로 내일 아침상 멋지게 차리려무나. 근데 조기가 좀 싱거운 것 같으니, 양념장을 얹으면 좋겠더라."

순간 말끝이 흐려진다. 혼자 쓸쓸하게 있을 친정엄마를 안쓰러워하는 딸의 마음이 보인다. 울컥하는 기분을 딸에게 들킬까 봐, 딸의 대답은 듣지 않고 전화를 끊었다.

70~80년대 공화국 시대에는 거리 곳곳마다 '딸 아들 구별 말고 둘만 낳아 잘 기르자'는 현수막이 걸려 있었다. 셋이면 가족 수당도 없고 의료보험에서도 제외되고 예비군 훈련장에서는 불임 수술을 해주고 훈련을 면제받았다. 셋째 아이는 공짜로 낙태 수술을 해주는 선심도 썼다. 애국하는 마음으로 시부모님의 절대적 아들 선호에 부응하지 못하고 마치 죄인처럼 눈치를 살피면서 셋째 낳기를 포기한 나는 애국심 많은 자부심으로 버틴 결과 아들 없는 쓸쓸함을 겪고 있다. 셋째가 아들이라는 보장은 없겠지만 딸이라면 하나쯤은 가까이에 살지 않을까 말이다. 따사로운 햇볕을 받으며 마당을 서성여 본다. 무슨 음식을 장만해 볼까, 하다가 그냥 돌아선다. 찾아갈 곳도 찾아올 사람도 딱히 없는 설 명절이다.

그동안에는 명절에 처지가 비슷한 친구(아들 없는 사람)들과 여행을 떠나기도 하고 또 재활원 아이들을 위탁해서 며칠씩 돌보느라 정신없이 보냈었는데, 코로나19 때문에 아이들 위탁도 못 하고 여행도 못 가다 보니 이번 명절에는 꼼짝 없이 나 홀로 있어야 했다. 선장인 남편은 늘

나가 있는 형편이어서 혼자 있다는 것이 그렇게 특별한 일은 아니다. 다만 어제나 오늘이나 다를 게 아무것도 없는데 사람들이 의미 부여를 해 놓았으니 그 분위기에 덩달아 외롭다는 감정에 휩싸이는 것 같다. 갯내음을 뿌리며 갯바람이 옷섶을 헤치고 스쳐 지나간다. 바다 위에서 지는 해를 바라보며 그리움을 달래고 있을 남편의 모습이 떠오른다. 순간 호강스러운 푸념을 하고 있었구나, 뉘우치며 남편의 외로움을 나눠 갖기로 했다.

TV에서 명절 증후군에 대해서 갖가지 토론이 벌어지고 있다. '명절 증후군', 새로운 용어다. 처음에는 뭔 소린가 했다. 하지만 그 단어는 일상에서 쉽게 쓰이는 용어가 되었다. 조남주의 『1982년생 김지영』에서는 명절 증후군 때문에 정신 이상 현상까지 얻는다. 그렇게 힘든 일일까? 젊은이들에게는 가장 힘든 일이 되어가고 있다는 현실이 좀 어이가 없었다. 하긴 젊은 사람들에게만 명절 증후군이 있는 것은 아니다. 쾌속정처럼 달려오는 시대적 변화에 갈등을 이해하려고 애쓰는 우리도 얼마나 힘든지, 젊은이들의 비위를 맞추기 위해 우리네 늙은이들도 명절 증후군을 겪고 있다.

'나 때는 말이야' 하며 꼰대 노릇이 하고 싶다. 나는 남편이 해상 근무를 하니 명절은 늘 나 혼자 몫이었다. 결혼 첫 해 설 때이다. 백일을 갓 넘긴 아기를 업고 시댁에서 주는 쌀 조금(시골에서는 쌀을 제일 큰 선물로 여겼다) 떡 몇 조각 그리고 김이 있었나 보다. 이렇게 해서 10kg는 족히 될 것 같은 이바지 보따리와 기저귀 가방을 양손에 들고 부산 오는 버스에 올랐다. 사람이 얼마나 많은지 한 발짝 비켜설 수도 없는 그야말로 콩나물시루였다. 업은 아이가 울어도 내려서 젖을 먹일 수도 없다. 팔을 움직일 수가 없으니 이러다 아이가 숨 막혀 죽겠구나 싶은데도 내려서 확인할 수가 없으니, 다리가 늘어지면 죽었나 싶다가 차가 한쪽으로 실려 옆 사람이 밀쳐 오면 앵 하고 울었다. 그러면 아직 살았다고 생각했던 소설 같은 일을 겪으면서도 시댁에 가야 한다는 사명감을 느꼈었나 보다.

작은 아이는 업고 큰 아이는 걷게 하고 기저귀 보따리에 선물 보따리까지 들고 다닐 때도 당연한 줄 알았다. 두 딸이 좀 자랐을 때는 자가용이 있었다. 하지만 차가 얼마나 밀리는지 소변을 보지 못해 얼굴이 샛노래지는 그것이 안타까워 가슴을 조이던 일들이 그렇게 힘들다고 생각하지 않았던 것 같다. 선물을 나눠 주는 기쁨도 있지 않았을까 하는 생각도 해본다. 다들 선물이나 용돈을 기다리고 있는 눈치였으니까. 주는 기쁨이 있었는지는 모르겠지만 왜 그렇게 안 가면 큰 잘못을 하는 것처럼 먼 길을 떠났을까? 그 멀고 먼 섬 길을 30년을 거르지 않고 다녔다. 글쎄 그때 나는 어떤 마음이었는지는 모르겠는데 아마 그때는 그렇게 하는 것이 착한 며느리의 굴레였으리라 생각한다.

행여 딸들이 명절 때 친정에 못 오는 것을 마음 아파할까 봐 미리 올라가 이제 봤으니 안 와도 괜찮다, 시어른 잘 대접해야 한다고 입버릇처럼 말했더니 사위들도 처가에 안 오는 것을 당연하게 생각하는가 싶다. 그래서 얘기인데, 딸들아, 남편과 의논해서 추석은 부산에 설날은 시댁에, 이런 방법은 어떨까? 아니면 2년에 한 번쯤이라도 말이다. 딸이 가까이에 사는 집들은 명절날 오후 되면 친정으로 오더라만, 그래서 옛말에 친정집은 국그릇에 국이 식지 않을 거리이면 참 좋다고 했나 보다. 고양시가 좀 멀어야지, 애들 학교며 직장에 빡빡한 일정이니 먼 길에 바쁜 걸음시키는 것 같아서 우린 괜찮다, 명절이 별거냐, 다음 날 만나자 하며 쿨한 척 했는데 사실 지금에 와서 생각해 보니 나야말로 명절 증후군에 시달렸던 것 같다. 그 힘들었던 명절 때의 의무적 나들이를 딸들에게는 해방시켜 주고 싶어서 안 와도 괜찮다고 했나 보다.

20

엄마도 그러면 안 돼

12시가 넘도록 잠자리에 들지 못하고 속앓이하고 있다. 조금 전에 TV 광고에서 '할머니 잘 먹겠습니다. 아빠 잘 먹겠습니다' 두루두루 음식을 해준 사람들에게 인사하는 것을 가르쳐 주고 있다. 어쩌면 4명의 손 자녀도 저런 인사를 하지 않을까 하고 내심 기다리고 있었다.

그저께 가족 대화방에 '내일 반찬 몇 가지 해서 보낼게' 하고 올렸고 어제 16kg씩 해서 보냈다. 오후부터는 잘 도착되는지 수시로 배송 조회를 했다. 4시가 좀 지나니 배송 완료가 올라왔다. 6시가 지나도 받았다는 연락이 없어 다시 대화방에 들어가 '배송 완료라는데 현관 밖에 나가

봐' 하자, 잠시 후 큰사위 '저희 받았습니다. 감사합니다.'
작은딸 '갈비 불에 올려놨어요. 얼마나 끓여요?' '당근 익
을 만큼' 그 뒤부터는 대화방이 고장난 것처럼 멈춰졌다.

　몇 번을 전화기를 들었다, 놓았다 했다. 내가 먼저 전화
해서 '얘, 미역국은 중량 나갈까 봐 국물을 잡지 않았으니
물을 더 붓고 집간장으로 간 맞추면 된다. 나물은 상에 놓
을 때 참기름을 좀 쳐라. 그리고 생선조림이며 반건조 가
자미는 신선 칸에 보관하는 것 잊지 말고, 오이소박이는
바로 먹고 열무김치는 좀 익혀야 맛이 있을 거야, 등등 말
해줘야 하는데… 몇 번이고 생각하고 망설이다 순간 괘씸
한 생각이 들어 집어치웠다. 언제인가 작은딸 집에 있을
때 친구가 반찬을 샀는데 양이 많아 나누어 준다고 문 밖
에 매달아 놓은 것을 들고 들어와 풀어 보지도 않고 바로
전화해서 먹어보지도 않았으면서 '맛있다. 잘 먹을게, 고
마워' 상냥스럽게도 하던데 어찌 어미한테는 뭉치 뭉치
그득 담긴 상자를 받고도 고맙다고 하기는커녕 잘 받았
다는 말도 없으니 서운하고 괘씸한 마음이 온몸을 스멀스
멀 헤집고 다닌다.

전화기를 들여다보며 속앓이하는 나를 보면서 남편은 제발 먼저 해 주고서 서운한 마음 갖지 말라고 말했다. 그럴 때마다 그래야지요, 그래야지요, 하고는 또 하게 되는 것은 아마 나의 영원불변의 불치병이다. 하지만 이 불치병을 굳이 고칠 맘은 없다. 내가 장만해서 올려 보내다 보니 손자 손녀들도 부산 음식을 좋아한다. 할머니의 매운 생선조림을 좋아한다. 싱싱한 생선들을 꼬들꼬들하게 말려서 일일이 랩에 싸서 보내주니 애들이 생선 맛에 길들여져 있고, 사위들은 내 김치를 잘 먹는 것 같고, 그래서 나는 나의 소임이라 생각했다. 다들 말한다. 어미는 자식 입에 밥 들어갈 때 제일 행복하다고. 나는 이 행복을 놓치고 싶지 않아 자식들의 마음은 헤아리지 않고 내 마음 가는 대로 해놓고는 서운한 마음을 갖는다는 것도 생각해 보니 어불성설인 것 같다.

사실 딸들을 탓할 수 없음을 나는 잘 안다. 나는 친정부모를 모셔야 했고 친정어머니는 89세까지 사셨다. 친정 식구들의 무거운 짐을 숨이 차도록 버티며 살았다. 애들 맡길 어머니가 계시니 나도 돈벌이해야 했다. 남들은 시어머니하고 함께 산다고 하면 '많이 힘드시겠네요' 하며 위로하지만 친정어머니와 산다고 하면 '살림 살아주고 애들 건사해 주니 얼마나 좋으냐'고 했다. 나는 왠지 화가 치밀어 오르지만 내색 못 하고 "좋으면 친정 부모하고 함께 사시지요" 하면 대개가 자기는 남편 때문에 안 된다고 했다. 나의 남편은 뭐 화성에서 온 사람일까? 왜 다를 거로 생각하는지 모르겠지만, 어느 남자가 처가 식구와 함께 사는 것을 좋아할까, 속으로 중얼대며 씁쓸한 웃음으로 대신 자신에게 위로하곤 했다.

엄마 마음을 헤아리기에 앞서 남편 마음을 헤아렸다. 함께 살면서 엄마한테 살가운 딸은 정녕 아니었으리라. 어쩌면 애들에게는 지난날의 내가 있지는 않을까 싶다. 그래서 나는 딸들에게 서운함이나 불만을 말하지 못한다. 나를 보고 배우며 자란 딸들을 탓할 수는 없다. 하지만 딸들아, 엄마한테는 보고 배운 게 없다손 치더라도 사회적 시점에서 본다면 그래도 그렇게 하는 것은 아닌 것 같아. 택배를 받거든 엄마 힘드셨겠네요, 돈도 많이 들었겠네요, 맛있게 잘 먹을게요, 그런 인사말 좀 해주면 난 정말 행복할 텐데. 물론 너희는 내일에는 하겠지, 아니면 반찬을 먹을 때 새삼스럽게 맛있게 잘 먹는다고 할 거야. 그런데 시

점이 중요해, 옛날 말에 빚을 갚으려거든 해지기 전에 갚
으라 했어.

　심순덕 시인의 「엄마는 그래도 되는 줄 알았습니다」를
다시 읊조리며, 나 역시 엄마는 그래도 되는 줄 알았던 미
안함이 가슴 밑바닥에서 뜨거운 눈물이 되어 두 뺨을 적
시고 있다. 딸들아, 엄마는 그래도 되는 게 아니라 엄마도
그러면 안 된다는 것을 내 삶을 돌아보며 너희에게 말해
주고 싶단다.

21

어찌 하오리까

  요즘 항저우 아시안 게임 경기 보는 재미에 푹 빠졌다. 수영이며 축구 테니스 등 다양한 종목마다 손에 땀을 쥐게 한다. 금, 은, 동메달을 목에 걸고 회한의 웃음을 짓는다. 태극기가 높이 올라가고 애국가가 울려 퍼질 때는 선수들과 함께 나도 감격의 눈물을 흘린다. 사격 결승전을 보면서 가슴을 조인다. 조카딸 덕분에 사격을 많이 봤던 터라 관심이 많다. 금, 은, 동메달을 땄다. 손이 아프도록 박수를 보냈다. TV만 켜면 하나씩 따내는 금메달 은메달 동메달. 마치 나가면 주워 오는 것처럼 많이 딴다. 선수들의 기쁜 표정을 보면서 가슴이 시려온다. 장하다, 고생 많이 했다. 수월하게 인사말을 하지만 그들은 피와 땀과 골

수까지 짜내며 연습과 훈련을 하였을 거라는 짐작을 미루어 본다면 감히 어떠한 위로와 찬사로도 그들의 노고에 보답이 될 것 같지 않다. 하지만 그 이상의 찬사는 없을 것 같다. 정말 고생 많이 했겠다. 감동에 박수를 보낸다.

88올림픽을 앞둔 어느 해다. 친정 조카딸이 사격을 한다고 했다. 나는 사격이라면 해수욕장 근처나 공원 가까이에 있는 재미 삼아 동전 넣고 하는 사격밖에 알지 못하는데 사격 대표로 뽑혀 연습한다고 했다. 그런가 보다 하고 흘려들었다. 그 시절에는 운동한다면 구기 종목을 빼고는 돈 없고 공부하기 싫어서 선택하는 것이라고 생각하는 견해가 컸다. 나도 그런 시선으로 봐 왔기에 조카딸이 사격을 한다는 것에 아무런 관심도 가져 주지 않았다. 더 몰랐던 것은 운동하려면 뒷받침이 필요하다는 사실이었다. 야구는 부모의 뒷바라지가 장래 선수 생활을 좌우한다는 말을 친구 동생이 야구 선수여서 누누이 들어 알고는 있었지만, 사격이야 인기도 없고 소비하는 게 별로 없을 것 같았기에 대수롭지 않게 생각했던 터였다.

가게에서 선풍기 바람에 의존하며 더위를 버티던 어느

날 조카딸한테서 전화가 왔다. "고모, 우리 간식 좀 사다 주실 수 있어요?" "응, 그래. 무엇을 사가면 되는데?" "네, 통닭이요." "몇 명이니?" "15명 정도예요." 나는 서둘러 국제시장으로 달려가 튀김 통닭을 사 가지고 조카딸이 다니는 중학교 옥상으로 올라갔다. 여름 방학 중이라 학교는 조용했다. 옥상으로 찾아 올라갔다. 사격 연습장은 해만 가리는 정도의 슬레이트 지붕에 칸막이도 열기를 받으면 그대로 흡수되는 얇은 벽으로 되어 있다. 문을 열고 들어가니 뜨거운 열이 마치 한증막에 들어가는 것 같이 후끈하다. 들어가는 순간부터 땀이 흐른다. 그런데 그 아이들은 두꺼운 옷에 장갑까지 끼고 머리에는 무언가를 뒤집어쓰고 귀마개까지 하고 연습하고 있었다. 에어컨은 은행이나 관공서, 아니면 아주 고급스러운 곳에나 설치되어 있는 현실이었으니 사격장 안에 에어컨은커녕 선풍기도 없다. 선풍기는 바람 때문에 쓸 수가 없단다.

아이들이 이렇게 열악한 환경에서 연습하고 있다는 것이 대견하기도 하지만 불쌍하다는 생각도 들었다. 화도 났다. "코치 선생님! 이렇게 더운 데서 연습해요? 애들 잡겠어요." 어이없어 따지듯 말했다. 선생님은 민망하다는 듯

뒤통수를 쓱쓱 문지르며 "정신력으로 버티지요. 그래도 애들이 열심히 연습해서 대견해요. 우리 학교가 사격 지정 종목이어서 이나마 시설이 있지만 인기 종목이 아니니 학교에서도 크게 지원을 해주지 않아서 매우 힘듭니다. 그래도 열심히 훈련하고 연습해서 금메달을 목에 걸어야지요." 믿음직스럽다.

아! 이래서 학부모 도움이 필요하겠구나 싶었지만, 나도 여유 있는 형편이 아니고 그렇다고 오빠 가정은 더더욱 형편이 어려우니 조카가 나한테 간식을 청했나보다 생각하니 가슴이 미어지는 것이다. 코치 선생님께서는 조카의 사격에 자질이 보인다고 훌륭한 선수가 될 수 있을 거라고 나에게 침이 마르도록 칭찬하시니 나는 정말 어찌할 바를 몰라 그냥 아무 말도 못 하고 미어지는 가슴을 안고 돌아왔다.

그 이후로 몇 차례 간식을 사다 주고 조금의 후원을 해주었다. 태릉선수촌으로 들어간 후에는 후원을 하지 않았던 것 같다. 사격도 총알을 사야 하고 대회 나갈 때마다 경비도 꽤 들었나보다. 오빠가 많이 힘들어했는데 나도 여의치 못해 많이 도와주지 못했다. 그 어려운 여건에서도 전국 체전에 출전하여 금메달도 땄다. 하지만 뒷바라지가 너무 힘들어서 국제 대회에는 출전하지 않고 결혼했다. 조카는 국제 대회에 출전하지 못한 것을 늘 아쉬워하는 것 같았지만 그렇지만 다시 돌아가고 싶지는 않다고했다. 너무나도 힘들었던 지난날이 다시금 생각하고 싶지도 않단다. '온몸의 땀띠로 소금물에 절이다시피 했던 일들이 어디 하루 이틀이었겠습니까? 탈수증으로 쓰러지기를 한두 번이었겠습니까? 그때는 그 길만이 살길이었기에죽음의 문턱까지 가면서 총을 쐈습니다.' 나는 조카와 함께 눈시울을 적셨다.

모처럼 피아니스트 친구와 점심을 먹는데 그가 나에게조심스럽게 얘기한다. 나는 이런 피아노 연주 음악이 나오면 밥을 못 먹어. 밥을 먹으며 맛을 즐겨야 하는데 저 피아노곡에 집중하게 돼서, "아니, 피아니스트가 남의 연주에 왜?" "그러게, 자꾸 분석하게 되는 몹시 나쁜 버릇이 있어, 그래서 나는 시끌벅적한 곳을 좋아해." 웃음인지 미안함인지 모를 미소를 짓는다. 나는 큰맘 먹고 분위기 있는곳으로 초대했더니 기껏 한다는 소리 하고는. "알았다. 다

음에는 막걸리에, 삼겹살집에서 만나자" 했더니 "정말 그
런 집에서 먹을 수 있을까?" 농인지 진실인지는 모르지만
한바탕 웃는 것으로 대화는 끝이었다. 하지만 우아하게 멋
진 연주를 하고 우레 같은 박수를 받고 최고의 명성을 얻
은 그도 지난날의 고통이 음식 맛조차 잃게 하나 보다. 얼
마나 피나는 노력과 연습을 했을까? 애처로워 보인다. 쇼
팽의 즉흥 환상곡이 조용히 흐르고 있다.

　운동 경기를 보면 그냥 즐기고 응원하면 되는데 가난한
조카딸의 힘들었던 시절이 늘 생각난다. 훈련하느라 얼마
나 고생했을까? 온몸에 땀띠로 도배했어도 그들은 아프다
는 엄살도 못 하고 연습했고 손가락 마디가 굽혀지질 않
아도 총을 잡아야 했던 조카의 고통, 그 부모님은 또 얼마
나 힘들었을까? 부족한 형편에 총알값이 없어 쩔쩔매고
시합 때마다 감당할 비용이 없어 동생들에게 아쉬운 소리
하고 정말 고생이 많았다. 그저 가슴이 시리고, 아프다. 그
래서 운동 경기에 이기는 순간 박수를 보내며 눈물을 흘
린다. 그뿐이랴. 누구든 최고의 정상에 올라 많은 이에게
환호 받는 장면을 보면 나는 그 이면의 고생이 보이는 것
같아 또 눈시울을 적신다.

22

행운을 놓친 여행

　여행의 진 맛은 떠나기 전 설렘일 것이다. 미지의 나라를 접한다는 신비함에 어떻게 알차게 여행을 즐길까? 어떤 일들이 우리를 기다릴까? 여러모로 설레는 마음으로 준비한다. 여권을 다시 한번 점검하고 현지 날씨에 맞춰 입을 옷을 준비하느라 며칠을 보냈다. 사건이 생겼다. 같이 떠나기로 한 일행 한 분이 넘어져 무릎에 골절상을 입었단다. 그래서 부인도 함께 모든 것을 취소해야 했다. 칠십이 넘도록 살기에 바빠서 해외여행이라는 단어는 남의 애기인 줄만 알고 살아왔다. 친구의 권유로 여행을 떠나게 된 것은 자기네에게는 행운의 여신이 찾아온 줄 알았다고 했다. 그 친구는 설레어 하루에 두세 번씩 전화해서 묻고 또 묻고, 여권을 신청해서 발부받던 날에는 마치 여행지에 도착한 것 같다고 했다. 너무 기뻐서 발걸음이 가벼워서였는지 뜻하지 않게 길을 걷다가 작은 돌부리에 걸려 넘어지고 말았다. 젊은 나이이면 무릎이 깨져 빨간 약만 바르면 나을 정도겠지만 나이를 이기지 못하고 무릎 관절이 망가져 응급실에 실려 왔으니 넘어진 자신도 이해 불가란다.

함께 떠나지 못하는 아쉬움을 안고 두 명이 빠진 여덟 명이 베트남 여행길에 몸을 실었다. 3박 5일의 일정이다. 상당히 더울 것이라는 선입견을 품고 공항에 첫발을 내디뎠지만, 우리나라 초가을 날씨다. 아무런 거부감이 없다. 날씨부터 마음에 걱정을 덜었다.

호찌민의 기념관에 도착하여 가이드로부터 그의 일생을 들었다. 오직 자주독립을 위해 개인적인 삶을 버리고 독신으로 평생을 헌신해 온 혁명가이자 독립운동가이며 정치가이다. 서민과 같은 1식 3찬을 고수하였으며 잠자리 또한 나무판자의 침대가 전부였다. 끝내 독립은 보지 못한 채 공격을 피해 방공호에 숨어 있다가 심장 질환으로 숨졌다. 그의 일생을 듣다 보니 우리나라 조선시대 양반과 권세가들의 횡포에 맞서 동학 농민 운동을 일으켰던 전봉준의 일생과 너무도 같다는 생각에 가슴이 찡해왔다. 어느 시대이든 나라에 몸 바치는 사람은 꼭 있었기에 우리가 지금 이런 행복을 누리나 보다 하는 생각에 재삼 고개가 숙여진다.

공원에 '분목'이라는 나무가 있다. 많은 새순이 큰 나무 주변에 빈틈도 없이 뾰족이 고개만 내밀고 있다. 어미 나무가 죽어야 저 싹들이 자란단다. 어미 나무가 있는 한 저 싹들은 자라지 못하고 오직 어미 나무 죽기만을 고대하고 있단다. 우렁이도 어미를 다 파먹고 빈껍데기만 물에 둥둥 떠다닌다. 그때 새끼 우렁이들이 우리 엄마 시집간다고 박수를 보낸단다. 모성애의 끝자락을 보는 듯하다. 그런가 하면 가물치는 알을 낳아 부화하고 나면 눈이 먼다. 어미 가물치는 앞을 볼 수 없으니 고기를 잡아먹을 수가 없어 죽어 가고 있을 때 막 부화한 새끼들이 차례로 어미 입으로 들어가서 먹이가 되어주어 어미 가물치가 눈을 뜬다. 새끼는 10% 정도밖에 남아 있지 않다는 것이다. 우화라고도 하는데 어쨌든 우렁이와 가물치의 모성애와 효심에 대하여 우린 가치관을 높이 평가할 수 있다고 생각한다. 그러면 '분목'은 어느 쪽으로 가치를 둘까? 엄마 나무 죽기를 목 빠지게 기다리는 것은 효심도 아니고 새싹이 자라게 죽어 주지도 않으니, 모성애도 아니고 그냥 불효자로 쳐야 할까? 아니면 비정한 어머니로 쳐야 할까?

우리나라가 참전했던, 수없이 들어온 월남전 당시 내가 보낸 위문편지가 이 나라 어디쯤으로 날아왔을 텐데, 하는 옛 생각을 떠올리기도 했다. 70년대에 우리나라도 독일로 사우디로 돈 벌러 나갔듯이 이 나라도 우리나라로 돈 벌러 많이도 오고 있으니 왠지 모르게 친근감이 들어 낯설지 않다.

다음날은 하롱베이로 떠났다. 이곳 하노이에서 3시간 정도의 거리였다. 근사한 저녁을 마치고 숙소에서 가진 시간은 아주 즐거웠다. 무언가에 해방된 기분에 모든 것이 우리를 위해 존재하는 것 같다. 한 사람을 빼고는 각자의 휴대전화도 로밍하지 않았으니 연락은 끊기었고, 근심 걱정이 없는 여행이 주는 또 하나의 선물이었다.

　나흘째 되던 날 아침 일행 중 한 사람의 친한 친구가 세상을 떠났다는 비보를 받았다. 우리 일행도 다 알고 지내는 사이였기에 다 같이 슬픔에 빠졌다. 여행 떠나기 며칠 전에 점심을 같이 했었는데 전혀 예상치 못한 상황이라 더더욱 충격이 컸다. 여행을 포기하고 돌아갈 수만 있다면 하는 조급한 마음에 가이드에게 의견을 묻기도 했지만 거의 불가능으로 봐야 했다. 전화해도 국제전화라고 받질 않으니 난감했지만 어찌어찌하여 연락이 닿았고, 우리 도착 다음 날이 발인이라는 소식까지 듣고는 그나마 마지막 길 배웅할 수 있다는 마음에 평정을 찾았다.

　베트남 최고의 절경 하룡만. 우리나라 단군신화에 곰과 호랑이가 등장하듯이 베트남 개국 초기에 외적이 바다를 통해 침략했는데 옥황상제가 어미용과 새끼용을 보내 베트남을 도와 승리로 이끌고 이곳이 너무 아름다워 하늘로 승천하지 않고 머물렀다는 베트남의 신화에 걸맞다. 호수 같이 잔잔한 해면에 삼천여 개의 기암괴석들이 용섬, 키스섬, 원숭이 섬, 거북이 섬, 송곳 동굴 등등 다양한 이름을 가진 섬들이 저마다의 생긴 모습을 뽐내고 백두산 천지 같은 호수도 아름다움을 더했다. 손오공의 선상에서의 멋진 해산물 식사는 두고두고 생각날 것 같다.

　여행 코스에 빠질 수 없는 쇼핑센터에 들렀다. 그곳에서 세상 명약이라는 침향 환을 선전한다. 딱 한 차례만 먹고 나면 절대로 암이나 노인성 질병에 염려할 일 없이 만수무강한다고 귀에 솔깃하게 말한다. 나의 남편이 서슴없이 100만원 거금을 주고 샀다. 이제 우리 남편은 침향 환을 먹을 것이니 나는 과부 되는 행운은 없을 거라고 말했다. 우리는 다 함께 어떤 의미로 생각하든지 그저 크게 웃었다. 여행이 주는 마음의 여유였으리라. 이번 여행이 과부 되는 행운은 놓쳤을지라도 우리의 삶에 활력이 되었기를 바란다.

23

콩 심은 데 팥은 안 나는가 보다

이번 추석에는 경주 콘도에서 아이들과 만나기로 했다. 나는 몇 가지 먹을 것을 장만해서 차에 싣고는 콧노래를 부르며 갔다. 너무 기쁘다. 큰사위는 바쁜 일이 있다고 빠지고 작은사위는 미국 주재원으로 가 있고 남편은 선장이니 항해 중이고 사랑하는 두 딸과 네 손자들이다. 오롯이 내 살붙이들이니 너무 좋다. 시중들어야 할 남자들이 없다는 게 더더욱 좋다. 저녁에 공원에 나와 보름달빛을 온몸으로 받으며, 두 딸과 맥주잔을 기울이며 그동안의 쌓인 많은 얘기를 나누고 있는 이 순간은 이 세상 어느 무엇과도 비교할 수 없는 최고의 행복한 순간이다. 이런 시간이 많이도 그리웠던 것 같다.

고양시에 살고 있는 딸 집에 부산에서 6~7시간을 운전해서 도착하면 설거지가 날 기다린다. 아이들 밥 해먹이고 학원 보내고 동동거림을 치며 며칠을 있어도 바빠서 동분서주하는 딸 얼굴도 제대로 못 보고 돌아오는 일이 허다했는데 오늘은 이렇게 한가히 앉아 즐기고 있다니 너무 행복하다. 어느 책에서 딸이 남편과 다투고 친정에 와서 며칠 머물고 있는데 사위가 와서 딸을 데려가면서 "어머니 또 오겠습니다."라고 하니, 인사하는 사위 등 뒤에다 "자네는 말고 내 딸만 보내게" 중얼거린 그 엄마의 마음이 내 마음속에서 함께 이웃하고 있는 것 같다.

다음날 애들은 포항으로 구경 가고 8살짜리 손자하고 남았다. 손자는 잔소리 안 듣고 게임을 즐길 욕심이고 나는 애들 저녁 준비를 해주고 싶어서 남았다. 손자의 점심 반찬이 마땅치 않아 걱정하니 햄을 해달란다. 7,000원을 들고 마트로 갔다. 입구에 불우 아동 돕기 모금함이 있다. 손자가 스스럼없이 1,000원을 넣는다. 칭찬해 주었다. 마트에 가서 햄을 보니 6,500원이다. 한참을 뒤적이다 5,500원인 닭고기 햄을 사고 나오다 500원을 마저 넣는다. 닭

고기 햄을 프라이팬에 구워 주었더니 입맛에 맞지 않는지 젓가락으로 뒤적이고만 있다. "지우야, 햄을 먼저 샀으면 네가 좋아하는 것으로 살 수 있었는데 어쩌지?" "괜찮아요, 할머니. 불우 어린이에게 줬으니 제 입맛에 맞지 않아도 맛있다고 생각하고 먹을게요." 기특한 마음에 칭찬은 해주었는데 왜 내 마음은 짠할까?

친정 오빠는 길거리에서 구걸하는 사람을 그냥 지나치는 일이 없다. 한번은 육교에서 엎드려 구걸하고 있는 아이를 미처 못 보고 지나치다 돌아가서 있는 돈 탈탈 털어주고 오는 오빠에게 "오빠, 쟤들 앵벌이예요." 하니 "알아, 그런데 쟤들 돈 많이 동냥 못 하면 얻어맞는대." 성큼성큼 앞서 걸어가는 모습에 아버지를 생각한다. 우리 아버지는 교회 문턱도 안 가봤는데 어찌 그리 성경 말씀에 순종하실까? '오른뺨을 때리거든 왼뺨을 내주어라.' 아무리 부당한 일을 당해도 따지며 다투지를 않는다. 일해주고 품삯을 못 받으면 그 집에 가서 일을 배로 더해준다.

'네 이웃을 너 자신과 같이 사랑하라' 매일 아침 동네 골목길 다 쓸어놓고 내 집 마당 쓰는 우리 아버지. '속옷을

탐하거든 겉옷까지 주라' … 가진 것도 없는 가난뱅이가 토끼 키워 잡아먹고 그 털로 조끼를 만들어 입고는 너무 따뜻해 좋다고 자랑하던 그 옷이 어느 날 사라졌다.

　정직한 것이 아닌 부족해 보이는 아버지가 정말 싫었다. 정미소에서 몇 달 동안 죽어라 일하고 품삯으로 싸라기 쌀(기계에서 파생된 쌀)을 받아오면서 싸라기 밥이 더 구수하다고 감사히 받아오는 아버지를 보고 숙맥이라고 다시 정미소로 따지러 달려가는 우리 엄마 속은 어떠하셨을까? 그래서 나는 아버지를 너무 싫어하는데 그 모습을 닮은 우리 오빠다. 택시 운전을 한다. 회사 사납금을 제대로 못 맞추니 월급이 적어서 살기 너무 힘들다고 눈물짓는 올케언니 모습을 많이 봤다. 울 엄마 모습과 너무 닮은 고부간이다. 오빠 차에는 왜 그리 구구절절 사연 많고 돈 없는 사람만 타는지 모르겠다. 무슨 사연인지 눈물 흘리고 앉아 있는 아기 엄마가 불쌍해 보여서 택시비 못 받았고, 불쌍한 노인 병원 데려다주고 차마 택시비 달라 못 하고 돌아오고, 시골 사람 아들 집 찾아주다 시간 다 허비하고, 자기 집 살림도 제대로 못 꾸리는 형편에 남의 집 어려움 걱정하는 영원불변의 불치병 오지랖이다.

아버지는 노후에 작은 나무통에 숫돌을 가지고 다니면서 식당마다 기웃거려 행여 장사에 지장 줄까 기어들어 가는 소리로 "칼 갈아 드립니다. 무딘 칼 없어요?" 해서겨우겨우 일거리를 얻었다. 기계로 하면 쉽고 빠르겠지만 금방 칼이 무뎌진다고 고집스럽게 온 힘과 정성을 다해 완벽하게 숫돌에 갈아준다. 식당 주인이 정말 고맙다고 국밥 한 그릇 대접하겠다 하면 군침을 흘리면서도 절대 아니라고 손사래를 친다. 돈 받고 갈아줬는데 왜 공밥을 얻어먹느냐는 논리다. 어느 동네 아주머니가 칼을 너무 정성스럽게 갈아 주는 것이 맘에 들었는지 100원을 더 주고 돌아갔다. 후에 100원 더 받은 것을 안 아버지는 이 분의 실수로 100원이 더 왔다고 하던 일 멈추고 동네 집집을 뒤져 찾아서 건네주었다. 아주머니가 고마워서 더 드린 것이라 하니 칼 한 자루 가는 값이 200원입니다. 굳이 돌려 드린 우리 아버지. '부당한 이익은 취하지 말라' 여호와의 말씀이니라.

그런 아버지가 싫었고 그 아버지 닮은 오빠도 싫어하는 나는 왜 그럴까? 웨딩드레스 장사를 했다. 예식장에 가서 물건은 잘 판다. 돈이 안 된다. 너무 많이 남기는 것 같아서 서비스를 이것저것 주고 돌아오면서 계산을 맞춰보면 말 안 되는 거래였다. 그래도 예식장은 돈이 많은 부자들이라 물건값 받는 데는 문제가 없었지만, 사진관이나 미용실은 열악해서 외상으로 산다. 다음에 돈 받으러 가서 예식을 못 했다고 우는 소리를 하면 그냥 돌아온다. 돌아오면서 중얼거린다. 나는 참 다행이다. 그나마 부자 상대하는 장사이니 망정이지 가난한 사람이 고객인 장사하면 얼마 못 가 거덜낼 것 같다. 감사한 일이라고 자랑스럽게 떠든다. 사업이랍시고 후원 요청이 많다. 난 거절을 절대 못한다. 몇 군데 후원했지만, 사업을 접으면서 후원도 끊어야 했다. 얼마나 민망한지 마치 죄인 같은 기분이었다. 다행히 작은딸이 몇 군데 후원을 한 것 같다. 후원받는 아이한테서 편지가 왔다고 감동해 하는 모습을 보면서 엄마가 못하는 걸 너라도 해주니 참 고맙구나. 뿌듯했다.

　자식들 배고픈 고생 안 시키겠다고 밤낮으로 몸이 부서져라 일하는 엄마의 부지런함과 두 개가 많아서 나눠야 하는 우리 아버지의 유전자를 적당히 배합하여 나눠받은 우리 5남매는 가진 것에 만족하며 행복하게 살아간다. 오빠는 법이 필요 없는 사람이라고 말하고 언니는 날개 없는 천사라는 칭호를 받는다. 두 동생은 남 도와주는 오지랖이 태평양을 덮을 거라고 한다. 언니는 두 개 있으면 세 사람 줄 계산하지? 동생들의 놀림에 나는 웃음으로 대답한다.

24

찹쌀떡

찹쌀떡 사려~ 망개떡, 찹쌀떡 사려~ 망개떡!

어머! 요즘도 있네. 이 추운 겨울밤에 찹쌀떡 장사가 있다니 난 너무나 반가웠다. 찹쌀떡을 먹고 싶은 것이 아니라, 그 장사의 맑은 음성이 반가웠다. "당신 저 소리 혹시 기억해요?" "무슨 소리?" 남편은 의아하다는 투로 퉁명스럽게 대답했다. 하긴 그 멀고 먼 섬마을에 무슨 찹쌀떡 장사가 있었을까. 그래도 난 대전이라는 도시민이었으니 그나마 소리라도 들었으리라. 밖에 날씨가 얼마나 추운지 모른 채 따스한 거실에서 평화롭게 저녁의 시간을 즐기고 있다. 다시 한번 '찹쌀떡 사려, 망개떡' 애절한 소리가 들린다.

반세기가 훌쩍 넘었다. 땅거미가 드리워질 때쯤 되면, 우리 다섯 식구는 저녁을 먹는다. 거무튀튀한 무시래기에 수제비 여남은 쪽 정도 가라앉은 수제비국 한 사발이다. 맛이라고는 쌉쌀하고 질기고 소금 맛이 전부다. 그나마 수제비나 좀 많으면 맛이 났겠지만, 그것을 바라는 것도 주제넘은 호사이다. 그 작은 소망은 우리 집 형편으로는 엄청나게 큰 소망인 것을 우린 잘 알기에 그 맛없는 시래기 수제빗국을 수저로 휘휘 젓고만 있다가 엄마의 고함에 놀라 그나마 뺏길까 얼른 입으로 퍼 넣는다.

무 시래깃국 한 그릇 먹고 앉아 있노라면 밤도 깊지 않았지만, 각자의 뱃속에서 시냇물 소리와 파도 소리가 화음을 이루기 시작한다. 잠자는 게 허기를 이기는 최상책이다. 이불 하나에 세 자매 엄마 아버지 다섯 명이 발을 바꾸어 누울 자리를 잡는다. 이부자리도 한 채이지만 땔감도 귀한 터라 각자의 체온으로라도 추위를 이겨야 했다. 배고프고 춥고 쉽게 잠이 들지 않는 긴긴 겨울밤이다.

엄마는 가을이면 국화 꽃잎과 코스모스 꽃잎으로 조화를 이룬 한 폭의 그림을 새겨 문종이를 바른다. 창호지 한

장의 문은 그 매서운 바람을 다 막아 내기에는 역부족이
다. 거기에 담배 연기의 통풍을 위해 맨 위에 한 칸을 뚫
어 놓는다. 그 구멍은 거의 굴뚝에 가까운 빛깔이다. 최대
한 바깥공기 차단을 위해 문풍지를 붙인다. 그 문풍지는
밤새도록 바람 소리와 함께 울어댄다. 문풍지의 울음소리
는 겨울바람의 세기를 가히 짐작하게 한다. 그 긴긴 겨울
밤 들려오는 소리 청아하고 호소하는 목소리, '찹쌀떡 사
려~ 메밀묵, 찹쌀떡 사려~ 메밀묵' 살을 에는 매서운 겨
울밤의 적막을 깨운다.

우리는 찹쌀떡 맛은 모른다. 한 번도 먹어본 적이 없다.
하지만 그 소리를 듣노라면 침이 입안을 가득 메운다. 아
침에 퉁퉁 불은 흰죽 한 사발, 낮에는 양조장에서 술지게
미를 얻어다 사카린을 넣고 푹푹 끓여 한 사발, 저녁때면
무시래기 수제비국. 겨울은 그야말로 가난한 자들에게는
저주의 계절일 수밖에 없다. 행여나 엄마가 저 찹쌀떡을
사 주시려나 꿈같은 상상을 하노라면 잠시 소리가 그친
다. 아! 어느 집에서 사는가 보다. 동네 집집을 머릿속에서
찾아보며 이불 속에서 다시 한 번 군침을 흘린다. 우린 그
걸 먹고 싶다고 말해본 적도 없었던 것 같다. 괜히 말했다

152

간 욕이 아니면 한 대 쥐어 박히는 일이 당연했을 테니까,

지긋지긋한 겨울의 긴 밤은 서서히 물러가고 우수 경 칩이 얼음을 녹이기 시작하면 개구리가 개굴개굴 요란하게 울어대는 그 소리에 밀려 찹쌀, 떡 장사 음성은 그친다. 그 긴 긴 겨울밤의 찹쌀떡 장사 소리가 어느 때부터 사라졌는지도 몰랐는데, 요즈음에 그 음성이 다시 들렸다. 그 많은 세월의 풍파를 겪었건만 어찌 그때의 음성, 음률이 똑같을까? 그 사람은 늙지도 않은 천지창조 시대 사람일까? 그리고 대전에서의 소리고 지금은 진해인데, 어찌 저리도 똑같을까. 달라진 게 하나 있긴 하다. 메밀묵이 망개떡으로 바뀌었다.

찹쌀떡 장사를 놓칠세라 뛰어나갔다. 그러고는 소리쳐 불렀다. "저기요, 떡 주세요." 떡 장사가 금방 달려왔다. 찹쌀떡과 망개떡을 샀다. 떡을 받아 들고 조심스럽게 "저, 어디 사세요?" 왜 묻느냐는 듯 고개를 들어 바라보기에 "제가 어렸을 때 대전에서 듣던 소리와 똑같아서요." "부산 삽니다." 짧은 대답과 함께 '찹쌀떡 사려~ 망개떡' 허공을 향해 다음 사람을 부르며 사라진다. 그토록 먹고 싶었던 그

밤의 찹쌀떡, 지금 난 이 떡을 먹을 맘은 없다. 그때의 맛도 모르고 지금의 맛도 모른다. 배가 고프지도 않고 저녁 간식은 비만의 지름길이란다. 그렇지만 난 손에서 내려놓을 수가 없었다. 원수 같은 전쟁 덕에 뼈저리게 배고팠던 지난날의 아픔이 밀려왔다. 남편이 흘끗 바라보며 "살찌는데 먹으려고?" "응, 아픔을 먹으려고." 무슨 말이냐는 듯 흘끔 쳐다본다. 설명해 주고 싶지 않아 모르는 척했다. 이제는 추억을 먹으려고 찹쌀떡을 사는 사람도 별로 없나 보다. 그 소리를 다시는 또 들을 수가 없었다.

그 시절의 굶주림이 아픔만은 아닌 삶의 기초적 원동력이 되지는 않았을까? 하는 생각도 해보지만, 그것도 맞는 생각은 아니리라. 부모 복이 일생에 반복을 차지한다는 말도 있지 않은가? 어쩌면 지난날의 아픔을 떨쳐 버리고 싶어서 둘러대는 생각일지도 모르겠다. 그래서인지 나는 그 시절의 삶에 대해 누구와도 말한 적이 거의 없다. 자녀나 남편에게도 말하지 않았다. 부끄럽고 왠지 무시당할 것 같은 마음이다. 사람들은 말했다 '가난은 부끄러운 것이 아니라 불편할 뿐이라고, 모르는 소리다, 아니 아주 틀린 소리다. 괴테는 눈물 젖은 빵을 먹어보지 않은 사람

154

은 인생을 말할 자격이 없다고 했다. 절대적으로 맞는 말
이다. 가난은 불편을 넘어 끔찍하리만큼의 부끄러움이라
는 것을 …….

25

벌 나비 밥은 꽃이래요

7시 30분이면 이어폰을 끼고 라디오를 들으며 출근길에 나선다. 꼬불꼬불 해안로 칠백리 길 한 자락 끝을 따라 시원한 갯바람을 즐기며 걷노라면 내가 일터를 향해 가는지 산책하러 나왔는지 분별이 안 되는 멋진 출근길이다. 산에 핀 꽃과 푸른 나무의 정취가 있고 멀리 거가 대교가 숨었다 나왔다 숨바꼭질하는 사이사이로 크고 작은 배들이 여유롭게 지나간다. 50분을 걸어 어린이집에 도착하면 나보다 더 일찍이 등원한 아이들이 재잘재잘 아침 인사들을 나누고 있다.

어느 여름날 나의 형편을 잘 알고 있는 친구에게서 전

화가 왔다. 65세 이상 노인 일자리를 알선해 주는 시니어 클럽이 있다는데 전국적이니 진해에도 있을 것이라고. 노인은 자격 관계없이 건강 조건만 맞으면 다 할 수 있다고 하였다. 설레는 가슴으로 낯선 진해 시니어 클럽을 찾아가 신청했다. 신청하고 20일쯤 지나 시니어 클럽에서 전화가 왔다. 잔디밭과 텃밭을 가꾸는 사람이 힘들다고 그만두었는데 나보고 할 수 있겠냐고 물었다. "예, 그럼요." 흔쾌히 대답했다. 일자리가 생겼다. 하루에 3시간씩 주 5일 60시간을 어린이집에서 도우미를 하면 약 70만 원 가까이 된단다. 의료 보험료도 내고 산재 보험도 가입되었고 정말 멋진 직장이다. 나는 근로계약서를 썼다.

뿌듯하였다.

8월에 첫 출근을 했다. 삼복더위에, 잔디밭에는 풀이 얼마나 많은지 잔디가 아닌 무성한 풀밭이다. 해보지 않았던 일을 아무런 준비도 없이 들뜬 마음으로 무성한 풀을 며칠 동안 메고 나서 풀독이 올라 얼굴이 붓고 기포가 생기고 거기다 몸살까지 겹쳐 너무 아파서 병원에 입원했다. 이렇게 힘든 일을 계속할 수 있을까 걱정했지만 일자리가 생겨 생활 걱정이 줄었다고 좋아했는데 이 정도에 좌절한다는 것이 스스로 부끄럽다는 생각이 들었다. 3일 만에 퇴원하고 출근했다. 어린이집에는 내색도 안 하고 감쪽같이 숨겼다. 행여 허약하다고 그만두라고 할까 봐서다.

안골포 해안. 임진왜란 초기 1592년 7월 10일 한산해전에서 승리를 거두고 거제 칠 전도에 머물던 조선 수군이 42척 일본 정예 수군함대의 공격과 싸워 승리를 거둔 유서 깊은 곳이다. 밀물 때는 바닷물이 발끝에 닿을 듯 넘실넘실 윤슬을 일으키면 한산대첩의 승리를 이끈 조선 수군의 위상을 느끼게 한다. 갯내음 바람이 우리 가슴을 시원스레 만져주며 썰물이 저만큼 밀고 가면 시커먼 개펄이 된다. 어느새 갈매기 떼가 날아와 군데군데 하얀 수를 놓은 듯 아름다운 풍경이 펼쳐지고 뒤에는 높은 언덕이 있어 마치 뒷동산 같다. 뒷동산에 봄이 오면 벚꽃이 창문을 두드리며 흐드러지게 피고 봄비에 꽃바람을 날리며 유채꽃이 노랗게 물들여 주는가 하면 뒤이어 질세라 붉은 철쭉이 발갛게 물들여 푸른 바다와 조화를 이루는 배산임수 아름다운 어린이집이다.

4년째 잔디밭에 풀을 뽑고 텃밭에는 아기들이 학습 체

험하도록 감자 고구마 등 이것저것 심어놓는다. 감자 꽃이 지고 잎이 누렇게 단풍이 들 때쯤이면 아이들은 제 주먹만 한 감자를 캐며 아주 재미있어한다. 방울토마토가 주렁주렁 많이 달려 발갛게 익고 있다. 마당으로 아이들이 나오면 으레 방울토마토 밭으로 가서는 한 개씩 따서 입으로 가져가 오물오물 먹는다. 빨간 토마토 물을 흘려가며 먹는 입술이 꽃잎처럼 예쁘다. 나의 단골손님들에게 실망을 주지 않으려면 계속 열려야 할 텐데, 열심히 거름을 주고 사랑도 듬뿍 준다. 가을이면 고사리손에 잡을 수도 없는 큰 고구마를 캔다. 엄마에게 자랑하려고 줄기째로 들고 연신 사진을 찍는다.

아이들은 거의 매일 하루에 한두 시간은 야외 놀이를 한다. 재잘대며 뛰놀다가 나에게로 달려와 "할머니, 뭐해요?" 하고 물을 때면 나는 신이 나서 "응, 꽃 예쁘게 많이 피라고 풀 뽑고 있어." "아! 벌 나비 밥 만들어요?" "맞아. 벌 나비 밥 만들고 있어" "할머니, 벌 나비 밥이 어디 있어요?" "이 꽃 속에 맛있는 꿀이 있어. 그 꿀이 밥이거든." 이 애들과 깜찍한 애기를 나눌 수 있어서 나는 새로운 삶을 사는 것 같아 하루하루가 너무 행복하다.

어린이집에서는 우리를 시니어 선생님이라고 부른다. 하지만 아이들에겐 할머니다. 나는 그 할머니가 더 정겹고 좋다. 그래서 나는 먼저 할머니가 해줄게, 할머니한테 와 봐, 하면서 달려오는 아이들을 두 팔을 활짝 펴고 안아 준다. 잔디밭에 풀을 뽑고 꽃을 가꾸고 있다. 아이들이 나오지 않는 날이면 나는 자꾸 교실 쪽을 기웃거린다. 할머니! 하고 서로 먼저 안기려고 달려드는 그 아이들이 보고 싶다. 오늘은 미세먼지 때문에 바깥 놀이를 안 하나? 다른 수업이 있나? 자꾸 기다려진다. 백여 명의 아이들이 즐겁게 뛰노는 이 마당 한 켠 화단에 유채꽃이 지더니 달맞이꽃이 다투어 피어나고 있다. 샤피니아, 채송화, 다음에는 코스모스, 국화, 여러 가지 꽃들을 끊이지 않도록 피워야 벌 나비 밥을 만들 수 있다. 선생님들은 예쁜 꽃밭에서 아이들 사진을 찍어 쉼 없이 아이들 엄마에게 전송한다.

나는 부자가 된 기분으로 하루하루가 즐겁다. 일부 사람들은 노인들에게 쓸데없이 많은 돈을 퍼주니 젊은 사람이 세금을 더 내야 하는 것 아니냐고 못마땅해 하지만 나는 그렇게 생각하지 않는다. 젊은 사람들이 부모 생활비나 용돈 등에 마음 써야 한다면 얼마나 힘들겠는가? 노인들이 편안해야 젊은 사람들이 부모 걱정 없이 자기들 생활에 충실할 수 있지 않을까 하는 생각이다. 노인이 일자리를 얻어 생활비나 용돈이 보태어진다면 그 또한 젊은이들에게도 큰 도움이 될 것이라고 믿기에, 노인들의 일자리는 모두가 살기 좋은 복지혜택이라고 생각한다. 달마다 부모 용돈 70만 원씩 줄 수 있는 자식이 과연 얼마나 있을까? 아마 극히 일부일 것으로 생각한다.

일흔의 중반이지만 다행히 나이를 의식할 수 없을 정도로 건강하다. 주어진 일에 아무런 부담 없이 잘하고 있지만 그래도 어린이집 식구들이 행여나 내 나이가 많아 꺼리지는 않을까 하는 불안한 생각에, 내년에도 나를 꼭 필요할 수 있도록 몸단장도 게을리 하지 않으며 나에게 주어진 일을 열심히 하고 있다.

저무는 해가 가장 아름다운 노을을 선물한다고 하지 않던가, 나에게도 이 아이들에게 재미있는 할머니의 몫을 할 수 있어 황혼의 아름다움이라 생각하며 오늘의 삶에 감사한다.

26

행운은 친구를 데리고 온다

내 나이 60, 그동안 죽어라 일해서 얻었던 것들을 다 잃었다. 회갑이라 하는 나이가 되어서야 나를 돌아보게 되었다. 달디단 잠을 줄였고 사계절이 주는 꽃놀이 단풍놀이도 눈감아 가며 쫓기듯 허둥대며 살았다. 그 삶이 그다지 아쉽거나 후회스럽지는 않다. 하지만 내 손에 남은 것이 없는 걸 보면 그리 자랑스럽지는 못했던 것 같다. 이제는 공부가 간절히 하고 싶다. 남편이 승선한 배가 울산에 입항했다. 가족이어서 배에 올랐다. 왠지 남편은 나에게 모든 청을 다 들어줄 것 같이 아주 좋아 보인다. "여보, 나 공부가 하고 싶은데요." 기어들어가는 소리로 말했다. 남편은 생각도 하지 않고 흔쾌히 그러라 한다. 남편의 허락을 들는 순간 그간의 한을 인정받는 것 같아서 뜨거운 눈물이 주르르 흐른다. 그동안 삶에 쫓겨 잊고 살았지만 아마 배움에 갈증을 느끼고 항상 목말라했었나 보다. 서둘러 입시 학원에 등록하고 공부를 시작했다. 정말 힘들어서 왜 시작했을까 후회하다가도 돈 벌기는 이보다 더 힘들었다는 것을 기억하면서 견뎌 냈다.

마지막 잎새까지 날려 보낸 11월의 쌀쌀한 날씨가 수험생들의 가슴을 조이고 있다. 대학 문에 들어가기 위해 3년 동안 피가 펄펄 끓는 젊은이들에게 모든 일을 뒤로 하고 교실에 갇혀 공부만 했던 그 결과를 판가름하는 수능 시험이다. 무슨 연유인지 수능 시험 때만 되면 멀쩡하던 날씨마저도 저녁 굶은 시어머니 얼굴같이 잔뜩 찌푸린다. 또 어떤 때는 맹추위가 그들의 가슴을 더욱더 조여 들게 하기도 하고, 아무튼 시험 날은 내 기억으로는 좋았던 날이 별로 없었던 것 같다. 두 딸이 시험을 봤고 이번에는 내가 시험을 본다. 오늘 날씨도 어김없이 잔뜩 찌푸렸고 춥기도 하다. 수험생들의 마음까지 얼어붙을 것 같은 차가운 날이다.

시험장 앞에 가니 학교마다 후배 학생들이 줄지어 선배들을 응원하고 있었다. 누가 볼세라 빠른 걸음으로 교문을 들어서니 선생님이 앞을 막는다. "학부형은 못 들어오십니다." "저도 수험생입니다." 하고 수험표를 보여주었더니 "아! 예"하며 교실을 안내해 준다. 뒤에서 두 번째가 내 자리다. 이름표가 책상에 붙어 있다. 감격스럽다. 첫 시간이 국어다. 시험답게 시험을 봤다. 영어도 그런대로 배운 만큼 하였고 뭐 이런저런 과목들은 잘 본 것 같은데 수학 시간이다. 수학은 시험 시간이 90분이다. 시험지 받는 순간 막막하다. 자신 있게 아는 몇 문제, 그냥 던져주는 몇 문제 답을 적고 나니 불과 20분도 안 걸린 것 같다. 열심히 머리를 쥐어짜며 문제를 풀어 보지만 배운 것이 기억에 없다. 내가 이렇게도 못 배웠나. 자신이 없다. 공식대로 찍었다. 지금부터 앞뒤로 고개도 못 돌리고 앉아 있어야 하는 내 모습이 어이가 없고 한심하다. 왜 그렇게도 못했을까? 감독 선생님 뵙기가 민망하고 부끄럽다.

5시가 넘어서야 시험이 끝났다. 겨울날이라 벌써 어둑하다. 감독 선생님이 말한다. "여러분, 시험 보느라 수고 많이 하셨습니다. 좋은 결과 있길 바랍니다." 다 같이 박수를 보낸다. 다시 말씀하신다. "여러분 저 뒤에 계신 어르신도 여러분과 함께 시험을 보셨는데, 그 열정에 좋은 결과 있도록 응원에 박수를 보냅시다." 우렁찬 박수 소리가 교실을 꽉 채운다. 나는 감격하여 눈물을 펑펑 쏟았다.

수능 성적표를 받으러 교육청에 갔다. 직원이 성적표를 한참 들여다보다가 "여러분, 여기 49년생이 5등급 받으셨네요." 다른 직원들이 와! 함성을 지르며 박수를 보내준다. "축하합니다. 참 잘하셨습니다. 좋은 대학에 입학하시길 바랍니다." 공손히 성적표를 내준다. 또 한 번 감격에서 눈물을 흘렸다. 고개를 들 수가 없어서 감사하다는 인사도 제대로 못 했다. 자랑하고 싶었다. 하지만 아무에게도 자랑할 수가 없다. 다른 사람들은 뭐가 그리 대단하냐고 비아냥거릴지도 모를 일이니까. 남편이 당신 수고 많이 했어. 좋은 성적 축하해. 인정해 주었다. 하지만 5등급 으로는 내가 가고 싶은 학교는 꿈도 못 꾸겠다. 요행히 만학도 야간에 모집하는 동아대학교가 있어서 야간으로 국문과에 입학할 수가 있었다.

나는 그동안 책을 읽을 때마다 작가님들 전공이 국문과가 참 많기에 국문과는 글 쓰는 전공인 줄 알았다. 아뿔싸!

글은 무슨 글, 2학년이 끝나도록 개론, 음운론, 고전 문학
론 현대 문학론, 론, 론, 론, 그저 학문이다. 나는 글 쓰는 공
부가 하고 싶었는데, 너무나 어렵고 흥미가 없어서 포기하
려고 몇 번이나 망설였다. 그때마다 남편이 말한다. "아니
당신이 지금 공부해서 나라를 구할 거요, 아니면 정승 판
서를 할 거요. 그렇다고 당신이 대 작가가 되겠어, 허니 그
간의 한풀이 한다고 생각하고 즐기면서 다니시구려." 한
숨이 나온다. 즐기다니 무얼 즐겨? 또래가 있나. 동병상련
의 동지가 있나. 즐길 건더기가 없었다.

　행운의 여신이 나에게 찾아왔다. 야간 학생 수가 줄어서
야간부를 폐강하게 되었으니 주간 강의를 신청하라고 했
다. 행운은 겹쳐서 온다더니 국문과와 문예창작과를 통합
하여 국어학과라고 했다. 나는 문예 창작 공부를 할 수 있
게 되었다. 너무 좋아서 창작 과목을 모두 신청했다. 새로
입학한 것처럼 기뻤다. 수필을 과제로 내주면 각자 본인
글을 올려놓고 합평하고, 소설도 써서 신춘문예에 출품도
하고 희곡도 써보고 꿈같은 날들이다. 교수님께서는 연륜
이 있어 스토리가 풍부할 거라고, 나보고 열심히 글을 써
서 훗날 팔순 잔치할 돈으로 책을 펴 보라고 응원도 해주

셨다. 내가 열심히 하는 모습이 보기 좋았는지 졸업을 미루고 두 학기나 수필 창작 수업을 청강할 수 있도록 허락해 주셔서 나는 가슴속의 응어리를 실컷 풀어낼 수가 있었으니 내 생애에 잊을 수 없는 행복한 날들이었다.

강의 시간마다 70이 다 된 내가 얼마나 불편하셨을까마는 그래도 나의 꿈을 펼 수 있도록 칭찬을 아끼지 않았으며 나의 자존감을 일깨워 주신 교수님이 정말 감사하다. 교수님의 가르침으로 몇 군데 입상도 하고 회사 월간지에 종종 실리기도 했고 인지도는 별로 없는 곳에서 작가 등단도 했으니, 수제자는 아닐지라도 제자 무리에 들지는 않을까? 주제넘은 생각을 하면서 그리되길 기대해 보련다. 늙은 학생 조금이라도 더 가르쳐 주시려고 청강을 허락해 주시고 자존감을 애드벌룬만큼이나 키워주신 교수님 은혜 보답하겠다는 말씀은 왠지 지킬 수 없을 것 같습니다만, 그저 감사한 마음만은 가슴속에 고이고이 간직하렵니다.

27

내 몸이 바보가 되었네!

벚꽃 봉오리 터지는 소리가 귓가를 간지럽히는 따스한 봄날이다. 벚꽃이 필 때쯤이면 해마다 놀러 오는 친구들이 있다. 올해에도 어김없이 친구들이 집에 온다니 그들이 제일 좋아하는 쑥버무리를 해서 대접해야 한다. 그들은 내가 쩌낸 쑥버무리는 이 세상 어디에도 없는 환상적인 맛이라고 칭찬을 아끼지 않는다. 벚꽃 구경이 목적이지만 절반은 쑥버무리 먹을 기대감에 침부터 삼킨단다. 나는 그 칭찬이 좋아서 쑥을 캐러 나선다. 들판에 쑥이 널브러져 있다. 어렸을 때는 아이들이 많이 나와 쑥을 캐니 해질녘까지 휘젓고 다녀도 작은 바구니 채우기도 힘들었었는데, 지금은 두어 시간만 캐면 바구니에 그득 찬다.

집에 돌아와 보자기를 펴고 캐온 쑥을 다듬는다. 허리가 편치 않으니 대충 뜯어온 것이라 집에서 다시 다듬어야 한다. 그 쑥을 다듬으며 타임머신을 타고 멀리 돌아간다. 초등학교 시절 십 리 길을 걸어 집에 오면 배가 고프다. 아무리 부엌을 뒤져봐도 입에 넣을 것이라고는 아무것도 없다. 물동이에서 물 한 바가지 들이키고는 바구니를 들고 들판으로 나물을 캐러 나간다. 보릿고개에 너나없이 들판을 들쑤시니 쑥도 귀하다. 냉이와 동글동글한 구스뎅이를 캐다가 운 좋게 달래를 만나면 양념거리가 생겼다고 좋아할 엄마를 떠올리며 신바람이 났다. 손끝이 시리고 손등은 갈라져 아프지만 채워지지 않는 바구니를 수없이 바라보며 시린 고사리 손을 호호 불어가면서 땅거미가 지도록 캐야 겨우 두 끼 죽 거리가 된다. 5월 단오가 되면 쑥은 쓴맛이 강해진다. 그러면 한 줌의 밀가루를 넣고 쑥버무리를 찌는데 밀가루가 적다 보니 여전히 쓴맛이다. 지긋지긋한 쑥이다. 보릿고개를 넘기고 나면 모내기 품팔이에 김매기 품삯이 있어 보리밥이 주어지면 우린 아주 행복해했었다.

나물죽에 질린 우리 식구는 아파 누워 있어도, 아무리

귀한 죽이라 해도 잘 먹지 않는다. 더군다나 돈 주고 죽을 사 먹는 일은 절대 없다. 무시래기나 쑥은 말할 것도 없다. 무시래기가 섬유질과 미네랄이 풍부해 암 예방에 필요한 비타민 A, C, D 등 많은 영양소를 함유하고 있다고 마치 건강의 수호신처럼 떠들어 댄다. 쑥은 또 어떠한가? 모든 염증과 몸의 온기에 탁월한 효과가 있어 식품이라기보다는 약제에 가깝다고 했다. 일본 히로시마에서 핵폭탄을 맞았을 때 산으로 들어가 쑥을 먹은 사람은 상처가 치유됐고 바닷가로 간 사람은 부황이 걸렸다는 글을 읽은 적이 있다. 그래서인지 사람들은 쑥을 마치 명약인 듯 명품 대접한다. 하지만 나는 떫고 씁쓸했던 그 맛의 기억은 희미해졌어도 내 몸은 진저리 치도록 먹기 싫었던 그때를 똑똑히 기억하는 것 같다.

어느 날 이웃에서 들깨를 갈아 넣고 요리한 시래기 찜과 쑥버무리를 가져왔다. 시큰둥하게 받았다. 나는 무시래기 쑥 안 좋아하는데 하면서, 주신 음식이니 감사한 마음으로 한입 떠 넣었다. 이게 웬일일까? 아주 맛이 좋았다. 이렇게 맛있는 음식이었구나! 신기했다. 밀가루와 완두콩을 버무려 쪄낸 쑥버무리는 그야말로 일품이었다. 쑥이나 시래기는 변하지 않았을 텐데 조리 방법이 달라서일까, 아니면 내 입맛이 변한 것일까. 아마 내 몸과 입맛이 지난날의 기억을 다 잊어버렸나 보다. 이젠 지난날의 입맛을 잃은 내 몸은 바보가 되었나 보다. 그동안 기억하느라 오랜 시간 수고 많았겠구나! 잊어줘서 고마워. 눈물이 주르르 흐른다.

그 일이 있었던 후부터 나는 시래기와 쑥을 즐겨 먹고 있다. 봄볕이 대지 위에 포근히 내려오면 제일 먼저 쑥이 쏘옥 고개를 내민다. 손가락 한 마디 정도가 되면 나는 캐기 시작한다. 아주 오래 기다리던 임을 만난 듯 반가움에 매일 같이 들판을 나간다. 친구가 놀린다. "너의 일용할 양식 많이 자랐니?" 정말 나에게 귀한 양식이 되었다. 쑥버무리 쪄내는 솜씨는 명장급이다. 누구든 한번 먹어보면 다시금 찾는다. 어린 시절 가난으로 시래기와 쑥으로 연명했던 것들이 일흔이 넘도록 건강을 유지할 수 있는 축복을 주지 않았나 하는 생각에 지난날의 배고팠던 아픔을 보상받은 것이라고 위로하고 싶다.

쑥버무리에 행복해하는 친구들의 환한 얼굴을 그리며

나는 강낭콩을 삶아내고 잘 씻어놓은 쑥에 굵은소금을 술
술 뿌려 소금이 녹을 때까지 버무린다. 설탕을 조금 넣고
다시 버무려 소금과 설탕이 쑥에 잘 스며들면 밀가루와
부침가루를 쑥에 넣고 삶아놓은 강낭콩과 함께 버무려 10
분 정도 찐다. 그러면 쑥 향과 아삭한 식감에 온몸의 엔도
르핀이 다 동원되는 행복한 순간이 온다. 이 맛을 내려면
쑥의 물기 조절이 가장 중요하다. 물기가 너무 많으면 질
척하게 되고 너무 뽀송하면 밀가루가 겉돈다. 순례표 쑥버
무리는 최고라고 추켜세우는 친구들을 기다리며 이 맛있
는 쑥버무리 준비하는 손길과 마음이 바쁘다.

28

나는 아직도 꿈을 꾸고 있어요

"수고 많이 하셨습니다. 잘됐으면 좋겠어요. 좋은 결과 응원합니다." 우체국 직원이 환한 미소를 가득 담고 영수증을 건네준다. 눈물이 핑 돌며 목이 메 감사하다는 인사도 제대로 못 하고 입속에서 웅얼거렸다. 일 년 동안 작품과 씨름했다. 몇 편 되지는 않지만 그래도 고생했다고 생각했다. 코로나 때문에 도서관이 휴관할 때는 카페 구석자리에 앉아 자릿값으로 비싼 차를 두 잔씩 시켜 마시며 오후를 보냈다. 쓰고 지우고 또 쓰고 지우기를 수없이 반복해 가며 마무리했지만 역시 부족한 곳이 많다. 내 능력의 한계를 느낀다. 단편소설 2편과 수필 4편을 신문사 네 곳에 나누어 떨리는 가슴을 진정시키며 빨간 매직펜으로 겉봉투 한 편에 '신춘문예 응모작'이라고 크게 써서 11월 30일 발송했다. 올해로 다섯 번째다. 작년에도 재작년에도 세 군데씩 응모했지만 감감무소식이다.

소식은 없지만 나는 글을 계속 쓰고 있다. 글을 쓴다는 일은 나에게는 유일하게 나를 돌아보는 시간이 되고 나의 존재감을 살려 주는 것이다. 수필을 쓸 때는 눈물을 흘리며 후회하고 내가 몰랐던 흠을 들춰내기도 한다. 감사함을 깨닫기도 하고, 사과해야 할 일도 알아냈다. 좋은 말을 들을 때는 고개만 끄덕였지 나와 연관시켜 돌이켜 보지는 않았지만, 글을 쓰게 되면 그 속으로 나를 잠기게 하다 보니 가슴 저리는 후회와 아픔도 겪는다.

소설을 쓸 때도 같은 생각이다. 내가 주인공이 되어서 쓰다 보면 눈물을 흘리고 화를 내기도 한다. 내가 쓰고 있는 작품 중에 시어머니가 며느리 시집살이 시키는 대목에서 며느리 이름이 썩을 년이다. 몇 시간 동안 그 글을 퇴고하고 마트에 장 보러 갔다. 장을 보고 나와서 차에 물건을 실으려니 너무 옹색해서 차를 통로로 이동시키고 물건을 다 실을 때쯤 젊은 여인이 지나가면서 싫은 소리를 한다.

174

나는 순간 "야 썩을 년아, 네가 왜 참견이야? 금방 출발할 거고 그동안 통행에 방해되지도 않았는데 네가 왜 오지랖 넓게 참견이여 썩을 년이." 그 젊은 여인은 아무 말도 못 하고 차에 올랐다.

나는 어이없어하는 그 여인의 표정이 떠오른다. 아까의 일을 생각해 봤다. 그 여인도 그냥 지나갈 일이었지만 싫은 소리를 했더라도 '예 죄송합니다. 금방 갑니다' 했으면 될 일인데, 왜 평소에 한 번도 써보지 않았던 욕지거리가 스스럼없이 튀어나왔을까. 순간 웃음이 터져 나왔다. 내가 소설 속의 주인공이 되어 버렸다. 시어머니가 입에서 쏟아 내는 차마 입에 담지 못할 그 욕지거리에 나는 머리에서 가슴까지 깊숙이 젖어 있었다. 얼굴이 달아오른다. 상상할 수 없는 나의 행동이었다. 다짜고짜 욕설이었으니 그 여자 는 얼마나 황당했을까? 그 후 몇 달 동안 그 마트에 가지 못했다. 혹시라도 그 여인을 만날지도 모를일이니, 너무 나도 부끄럽고 창피했다. 다시 소설을 읽어 본다. 독자들 도 이렇게 빠질 수 있을까? 그러면 이 작품은 성공인데….

해마다 두드리는 문턱은 너무나도 높다. 올해 또다시 응모했다. 해마다 겪는 실망이지만 올해에는 실망하지 않을 것이다. 응모하기 전에 이곳저곳 인터넷에서 응모하는 알맞은 조언을 찾아봤다. 거기에서 주는 여러 가지 경험을 쓴 글을 읽어 보고는 허탈해서 웃음이 나온다. '숭어가 뛰니 망둥이도 뛴다'라는 속담이 나를 두고 한 말 같다.

1. 사법고시 합격보다 더 어렵다는 것을 유념하고 실패를 두려워하지 마라.
2. 나이 기재를 요구하는 것은 앞으로 작가로 활동할 수 있는 재목을 찾는 것이니 젊음이 유리하다는 의미다.
3. 작년의 심사위원 취향이 올해도 같을 거라는 생각은 버리라. 주자는 늘 변수가 있다.
4. 굳이 중앙 신문사나 인지도 높은 곳을 고집하지 마라.
5. 창작의 개성을 명쾌하게 풀어라.

그 외에도 여러 가지가 있었다. 야속하게도 응모하는 곳마다 생년월일 기재를 요구한다. 1949년이라는 숫자가 이렇게 부끄럽고 절망스러운 적이 없었던 것 같다.

그동안 월간지나 회사 사보 같은 곳에 수필이 몇 편 실리기도 했고 쏠쏠하게 원고료도 받았다. 올해에는 여성시대 신춘 편지 쇼에서 입선하는 영광도 얻었으니 다시금 용기를 내서 그동안 써온 작품들을 모아 책을 내려 하는데, 얼마 전 문화방송 라디오 여성시대에서 어떤 분이 책을 펴서 딱 세 권만 쓰고 나머지는 산에 묻었다는 사연을 들었다. 깊은 공감을 했다. 나의 작품은 거의 다 옛날 애기다. 70년 역사가 구석구석 배어 있는 사연들이다. 젊은 사람은 전혀 겪어보지 않은 세대 애기니 공감을 못 얻을 것이고, 나이 든 사람은 눈도 어둡고 책보다는 TV를 더 좋아하는 것 같으니 책의 임자를 찾기는 힘들 것 같다. 어쩌면 나와 두 여동생 딱 세 권일 것 같아서 망설여지지만, 그래도 나무에게 미안한 마음을 안고 불쏘시개가 될지언정 여든이 되기 전에 나의 수필집을 내고 싶은 꿈을 이루려 쉬지 않고 글을 쓰고 있다.

29

청출어람(靑出於藍)

명절 때나 가정에 행사가 있을 때마다 모이면 우리 가족은 윷놀이를 하는데, 무슨 일인지 큰사위가 매번 판돈을 거의 다 차지한다. 아무리 이겨 보려 해도 큰사위를 이길 수가 없다. 그런데 큰사위를 이길 수 있는 카드가 생겼다. 고스톱을 치면 큰사위는 번번이 깨진다. 우린 큰사위를 이기는 방법이 있어 아주 좋았다. 고스톱을 칠 때는 애들이 함께할 수 없어서 윷놀이를 했었는데 기회가 왔다.

코로나 때문에 방학이 길어져서 내가 올라가서 큰딸, 작은딸, 손 자녀 넷을 돌봐야 했다. 4개월 넘는 시간 동안 심심하기도 하고 애들하고 놀 거리도 마땅치 않고 해서 고스톱을 가르쳐 주기로 했다. 애들이 너무 좋아했다. 특히 초등학교 5학년인 작은 손자가 제일 좋아한다. 손녀하고 작은딸 형제 이렇게 세 명을 앉혀 놓고 최고 인기 강사가 된 양 설명을 했다. 두 시간 정도 함께 치면서 가르쳤는데, 애들은 벌써 다 습득하고는 할머니를 공격한다. 아무튼 재미가 있었다. 애들은 새로운 게임이기도 하고 어른들의 전유물로 알았던 고스톱을 배운 것이 신기하고 뿌듯하기도 한가 보다. 그 뒤로는 짬만 나면 오십 원짜리 동전을 모아놓고 고스톱을 치자고 한다.

친구한테서 전화가 왔다. 영화 〈미나리〉에서 주인공이 손자들에게 너처럼 고스톱 가르치는 것을 보면서 네 생각이 나서 한참을 웃었다고 재미있어한다. 나도 그 영화를 보면서 나 같은 사람이 있긴 하구나 키득거리며 봤는데 친구들도 똑같은 느낌을 받았나 보다. 내가 손자들에게 최고 인기 강사 노릇을 한 얘기를 하면 친구들은 어이없는 표정을 지었었다. 내가 잘못한 짓인가 한 번쯤은 돌이켜 보았지만 글쎄, 크게 잘못한 것 같지는 않은데 왜 다른 사람들은 이상하게 생각할까? 아마 고스톱이라면 도박이라는 개념이 먼저 떠올라서 그런 것은 아닐까 싶지만, 옛

날 말에 독도 잘 다스리면 명약이라고 했듯이 나는 전혀 그런 생각은 없다. 명약까지는 아닐지라도 독은 아니라는 신조다. 가족 간에 웃고 즐길 수 있는 놀이 문화라고 생각하기 때문에 손자들에게 가르쳐 준 것이다. 게임을 하면서 큰 손자가 지면 반응이 너무 빨리 나타난다, 그에 대해 승리욕을 절제해야 할 매너도 설명해 준다.

작은딸 애들은 본가에 가서 할머니 할아버지 큰아버지 모두에게 장원이란다. 명절날이면 손자들하고 고스톱 치는 재미를 너무 좋아하시며 부산 할머니한테 감사하단다. 전에는 본가에 가면 할아버지는 소파에서 꾸벅꾸벅 졸고 계시고 할머니는 TV만 보고 계시니 별 할 말도 없이 어정대다가 점심 먹고는 돌아왔었는데, 고스톱을 치면서 함께 웃으며 즐길 수 있어서 부모님도 좋아하시고 아이들도 함께 게임을 즐기니 화기애애한 분위기가 너무 좋았다고 작은딸이 웃으며 말해준다. 애들은 세뱃돈이 불었다고 얼마나 좋아하는지 나도 덩달아 기분이 뿌듯하다. 5학년 올라가는 막냇손자도 가르쳐 달란다. 또 한 번의 강의할 기회가 남아 있다.

무슨 일인지 아무도 아이들을 이길 수가 없다. 판돈을 백 원으로 올렸다. 그래도 깨지는 것은 어른들이다. 애들에게 이 게임을 가르친 목적이 있긴 있었다. 훗날 내가 용돈이 필요할 때 애들하고 게임을 해서 용돈 조달도 하고 손자들하고 함께할 구실도 만들 양이었다고 농담 삼아 말하곤 하는데, 그러나 그것은 그야말로 어불성설이다. 청출어람이라는 말은 이를 두고 하는 말은 아닐까? 휴양지로 떠나도 작은 손자는 가방에 화투와 동전이 들어 있는 돼지를 잊지 않고 준비해 온다. 하룻저녁 세 가족이 실컷 웃어가며 즐긴다. 나는 아마 처녀 때 배운 것 같고 어쩌다 한 번씩 즐겼던 것 같다. 나중에 안 일이지만 우리 딸들은 고등학교 때 배웠단다. 딸들한테는 내가 가르쳐 주지 않았는데, 친정 형제들이 모이면 한 판씩 했으니 보고 배웠는지는 모르지만 아무튼 딸들도 많이 즐겼단다. 가끔 뉴스에서 도박을 하다 잡혀가는 모습을 보는데 나는 그런 것이 남의 얘기 같다. 즐기는 도구를 투기로 쓰자니 부작용이 생기는 것이 아닐까?

지난 설에는 우리 부부가 역 귀경해서 함께 지낼 시간이 많았다. "난 말이야, 너희들한테 고스톱을 가르쳐 준 목적

은 훗날 할머니가 용돈이 필요할 때 너희들에게 조달 방
법으로 쓰려던 거였는데 이게 웬일이니? 이거 잘못 가르
친 것 아닌가 싶다." "에이, 할머니! 이다음에 제가 많이 따
서 할머니 다 드릴게요." 승리욕이 앞서서 나한테 잃어 주
겠다는 말은 하지 않는다.

윷놀이 한판으로 큰사위가 기선을 잡고 나면 다음에는
고스톱으로 작은 손자가 기선을 잡는다. 휴가철이면 작은
손자는 할머니 귀경 날을 많이 기다린단다. 할머니와 게
임을 할 기대에 부풀어 있다고 했다. 날 애타게 기다려 주
는 손자가 있다는 것이 얼마나 다행인지. 최고 인기 강사
가 된 덕을 톡톡히 보고 있다.

30

흔하고도 귀한 것

언니, 고사리가 자꾸 불러. 머위가 뾰족이 올라오는 것 나물 반찬 했더니 입안에 봄 향기가 그득하니 정신이 맑아지는 것 같아. 취나물은 또 어떤가요? 쌉싸름하면서 얼마나 맛이 좋은지 힘이 나는 것 같아. 다니러 오라고 유혹한다. 나는 그 유혹에 좋아서 정신을 못 차리고 허둥대며 남편과 이리저리 일정을 맞춰서 순천으로 향한다. 따스한 봄날, 나를 불러 주는 동생이 있어 더없이 행복하다. 이곳 진해에서 두 시간 거리이다. 고속도로 순천 IC를 벗어나서 불과 15분 거리인데도 한적한 시골이다. 동생은 20여 년 전부터 양계 사업을 하고 있다. 한 달 동안 키워서 하림 회사에 출하한다. 10만 수가 넘는 닭들이 저마다 살을 찌우기 위해 늦은 시간까지 열심히도 먹고 있다. 한 달을 살기 위한 닭들이다. 자주 오고 싶어도 조류 인플루엔자 병 때문에 닭의 건강 상태를 봐서 오라고 부르기 전에는 우리 뜻대로는 왕래할 수가 없다. 오늘은 운수 좋은 날이다.

　고사리가 고개 숙여 맞이한다는데 어서 가야지, 하며 나지막한 뒷산을 올라가서 열심히 꺾는다. 보호색을 띠고 살며시 올라오는 고사리를 가차 없이 찾아내어 꺾는 손맛이란 맛보지 않은 사람에게는 설명으로는 표현이 어려울 만큼 재미있다. 고사리는 절대 혼자 올라오지 않는다. 하나 꺾고 보면 가까운 곳에 하나가 반드시 있다. 난 그래서 고사리는 사랑꾼이라 말한다. 산비탈을 미끄러지고 넘어지며 두어 시간 꺾어 한 가방 들고 온다. 이상하게도 고사리 꺾고 집에 오면 눈을 감아도 고사리가 보이고 잠을 자려고 누워 있어도 천정에 고사리가 보인다. 무슨 일인지는 모르는데 유독 고사리는 그렇다. 내일 아침에 일찍 한 번 더 다녀오리라 잔뜩 기대하고 잠을 자고 일어나니 온몸이 말을 듣지 않는다. 단 한 발짝도 옮길 수가 없다. 그래도 이 기회 놓칠쏘냐? 이를 악물고 몸을 이리저리 움직여 달래 가지고 또 산에 간다. 취나물까지 덤으로 뜯으니 이 얼마나 횡재인가 말이다.

이틀을 그렇게 헤매고 나면 이제 서서히 들판에 널려 있는 쑥이며 머위가 보인다. 낫을 들고 나가 머위를 베고 쑥을 벤다. 허리는 끊어져 어디에 붙어 있는지도 모를 만큼 아프지만 이 귀한 채소가 널브러져 있는 것이 너무도 좋아서 난 죽으면 죽으리라 하고 나물을 벤다. 한 아름들이 베어 들고 오면 남편은 한심하다는 듯 혀를 찬다. 그 마음 이해 못 하는 것은 아니다. 들고 가서 여러 사람에게 퍼 돌릴 것이 뻔한 일이니까, 왜 저리 오지랖일지 한심하게 보는 그 마음 훤히 보고 있으니 도와 달라는 부탁은 아예 하지 않는다. 도시에는 채솟값이 비싸다고 아우성치는데 여기는 지천으로 널려 있으니 얼마나 나눠 주고 싶겠는가? 차곡차곡 담는다. 집에 가서 나눠 줄 사람을 머릿속에서 한 사람 한 사람 세면서 열심히 담는다.

올해에는 이상 기온이라고 과일값이 천정부지로 치솟고 채솟값도 천정부지로 비싸다. 푸른색 채소는 얼마나 비싼지 모든 주부가 장바구니를 채우기가 어렵다고 이구동성이다. 오죽하면 민생의 소리를 듣겠다고 대통령이 특별

할인 행사 하는 마트에 들렀다. 그래서인지는 몰라도 대파 한 단에 875원 특가 할인을 하고 있다. 대통령이 대파 한 단을 가리키며 875원이 합당하지 않느냐고 말하여 국민이 말이 안 된다고 망언이라고 떠드니 한 단이 아니고 한 뿌리였다고 정정해서 또다시 물의를 일으키는 뉴스를 봤는데 한 단에도 한 뿌리에도 맞지 않는 말이다. 시중에서 대파 한 단에 6~7천 원 정도 시세였는데 한 단에는 보통 굵으면 6뿌리고 가늘면 8~10뿌리도 된다. 한 단은 대동소이하지만 한 뿌리는 굵기 따라 값이 다르다. 대파 값을 모르는 것은 당연하다. 전업주부가 아니면 모른다. 몰라서 미안하다 하는 게 뭐가 그리 부끄러워서 돼먹지 않은 변명을 하는지, 민생을 좀 더 세심하게 보살펴 준다면 하는 마음이 아쉽다.

여기는 대파가 남아서 종대가 올라오고 있다. 뽑아 버려야 한다고 한다. 이렇게 흔한 대파가 왜 그리 귀한 대접을 받을까? 막냇사위도 안 준다는 봄맞이로 처음 올라온 부추는 짙푸른 색을 띠고 손길을 기다리는데 주인 허락도 받지 않고 몽땅 베었다. 강장제 남편의 몫이다. 상추나 쑥갓도 다음 작물을 심어야 해서 갈아엎는다고 하기에 다

뜯었다. 사료 포대에 잔뜩 주워 담아서 집에 오니 나눠 주는 것 또한 번거로운 일이 된다. 대충 손질을 해서 열 사람 넘게 나눠 주었다. 머위를 받은 사람, 상추 쑥갓을 받은 사람, 쑥버무리 받은 사람 모두 너무 좋아하는 것을 보니 순천 언덕배기에 널브러진 머위가 눈에 아른거린다. 시간이 더 허락되었다면 좀 더 베어 왔을 텐데, 아쉬움이 남는다. 이 봄이 가기 전에 순천에서 닭이 출하하고 나면 다시 불러 줄 수 있게끔 구실을 만들어 봐야겠다.

31

모범 독립가 나무 박사

꽃 잔치가 방방곡곡 한창인 봄날, 친구한테서 전화가 왔다. 산에 고사리가 한창이라고 손맛도 즐길 겸 놀러 오라 한다. 짬을 내서 남편과 친구 세 사람을 동행시켜 거창군 북상면 북상임산에 왔다. 몇 년에 한 번씩은 온다. 여름에는 거창 연극제가 있어서 연극 관람도 하고 가을에 오면 밤 주우러 산을 헤매고 지금은 고사리를 꺾으러 왔다. 산 주인과 반반 나누자고 하니 참 좋은 생각이라고 하면서 우리를 고사리가 널려 있는 산자락에 데려다준다. 고사리가 얼마나 많은지 허리 아픈 줄도 모르고 꺾었다. 며칠 전에 순천 동생 집에서는 산을 뒤져 찾아내야 하지만 여기는 천지가 고사리다. 찾을 필요가 없다. 3시간 정도 꺾으니 각자 가지고 간 자루에 그득하다. 삶아서 말렸다. 반 나누자고 하니 펄쩍 뛰며 그냥 다 가져가라 한다. 염치없지만 고맙게 다 챙겼다. 하룻밤을 지내고는 곰치와 취나물을 뜯었다. 나는 너무도 신이 나서 산에서 내려가고 싶지 않다. 눈만 돌리면 귀한 먹거리들이 손길을 기다린다. 함께 간 일행도 신바람이 나서 두릅이며 엄나무 순을 따고 있다.

친구의 남편을 나는 회장님이라 부른다. 그냥 가까이하기에는 너무 큰 사람이어서 그 앞에 서면 나도 모르게 작아진다. 70년대에 한일합성 기업에 고위 간부직으로 근무할 때 일본에 출장 가서 일본의 우거진 산을 보며 너무도 부러웠고 우리나라 민둥산을 숲이 우거진 산으로 만들어야겠다는 신념으로 회사를 버리고 이 산을 매입하여 가꾸기 시작한 지 반세기가 훌쩍 넘었다. 덕유산을 마주하고 있는 대봉산 4봉우리 80만 평을 소유한 모범 독림가(50만 평 이상을 가꾸는 사람은 모범 독림가, 그보다 적으면 우수 독림가, 30만 평 미만은 자연 독림가, 소규모는 일반 독림가라고 한다)이다. 한눈에 다 들어오지도 않는 높고 깊은 산자락 구석구석을 손바닥 보듯이 다 들여다보며 하루에도 몇 번씩 오르내리며 잣나무와 표고버섯 구기자 오미자 송이버섯 두릅 등등 산에서 자랄 수 있는 모든 식물과 열매를 재배하는 식물학 박사이며 나무 박사시다.

우리나라는 임업을 남의 나라 애기처럼 흘려듣는단다. 여러 가지 조건이 충족되지 않기 때문이다. 농민들과 달리 임업은 산재 보험도 가입이 안 된다. 또한 대출도 안 된단다. 재목으로 쓸 수 있는 나무는 80년은 기다려야 한다. 내가 심어 손자 대에 가서나 나무로부터 돈을 만져 볼 수 있으니 빨리빨리 해야 하는 우리나라 성품에 아무도 도전하지도 않을뿐더러 할 수도 없다. 70%가 산인 우리나라는 예부터 좋은 묏자리에 집착했던 터라 개인이나 문중들이 소유하고 있다. 나라에서 소유한 산이 별로 없다. 나라에서도 살 수가 없으니, 개인은 더더욱 임야를 사들일 수없는 악재가 있으니, 설사 임업에 뜻이 있다고 한들 할 수가 없다고 했다. 다행히 회장님은 장인이 이 고을 면장이셨기에 산을 매입하는 데 많은 도움을 얻었다. 산을 가진 문중이나 개인들은 팔지도 않고 가꾸지도 않고 그저 그대로 자란 잡목뿐이라고 박사님은 안타까운 한숨을 내쉰다.

80년 이상 자란 나무 한 그루가 20드럼에서 40드럼까지

물을 품을 수 있다. 물을 품고 있던 나무들이 가물면 내보내 주고 장마에는 품고 있으니, 가뭄과 홍수를 해결해 주는 수호신이다. 거기에다 공기 정화는 우리가 알고 있는 그 이상이니 말할 필요가 없다. 6.25전쟁 때 많이 불타고 에너지로, 땔감으로 쓰기 위해 마구잡이 벌목한 탓에 민둥산이 되어 물이 부족하여 댐을 곳곳에 만들었다. 댐이 하나 만들어지면 많은 땅을 물 속에 잠겨둬야 하고 그 주위는 스모그 현상 때문에 농사도 지을 수 없는 아픈 일이지만, 나무가 자랄 때까지 몇 십 년을 기다릴 수가 없으니 댐을 만들어서 홍수와 가뭄에 대비할 수밖에 없는 것이 우리나라 실정이었다. 그래도 공화국 시대에 산림 운동을 한 덕택에 빠르게 푸른 산을 만들 수 있었으니 그나마 다행한 일이라고 말한다.

80만 평을 소유한 회장님은 우리나라에서 제일 많은 임야 보유자다. 위대하게 보인다. 여든이 넘었지만 이 산 저 산 골짜기마다 물 흐르는 소리에 화답하고 지나는 바람 소리와 속삭이는 산을 사랑하는 동탑 산업 훈장 수상자이며 산림청장 상에 크고 작은 수상 패를 받은 나무 박사님은 작은 거인이다. 꼬불꼬불 산자락을 돌며 산에 대한 많은 설명을 들려준다. 캐나다는 나무만 팔아도 200년은 거뜬히 먹고산다고 한다. 70%가 산인 우리나라인데, 회장님 같은 위대한 분이 몇 분만 더 있다면 200년은 아니더라도 나무 팔아먹고 살 수 있는 나라가 되지 않을까? 파랑새의 꿈을 꾸어본다. 하늘을 찌를 듯 곧게 뻗은 잣나무가 하도 많아서 "회장님, 이 산에 잣나무는 몇 그루나 되나요?" 이 넓은 산자락에 심어진 나무를 어찌 셀 수 있을까 싶어 던져본 질문인데 잠시의 머뭇거림도 없이 "30만 그루 심었는데 많이 죽어서 10만 그루 조금 넘습니다. 고로쇠나무와 전나무 구상나무가 만여 그루씩 되고요, 그 외 여러 가지 합하면 174만여 그루 되고요, 표고목이 8천 개 됩니다." 아무리 주인이라지만 그 많은 나무를 자식 숫자 세듯 거침없이 대답한다. 이 높고 험한 산속에 있는 나무 수를 어찌 알까 싶어 물어본 내가 민망했다. 한 그루 한 그루를 자식같이 사랑하며 키웠는데 숫자를 왜 모르겠느냐는 듯 환하게 웃는다.

"잣나무는 몇 년 자라야 열매가 열려요?" "25년은 자라야지요." "아니, 수명 짧은 사람은 심어놓고 맛도 못 보고 죽겠네요." 우린 박장대소했다. "그러니 3대를 계산해야 한다지 않습니까?” “3대를 누가 기다려요? 회장님이니 그 미련한 일을 하셨지요.” 곁에 있던 친구가 “맞아. 당신같이 미련한 사람이 어디 또 있을라고.” 자기 맘 알아준다 싶어 맞장구를 친다. 해발 1,000m 고지에서 고개를 넘어가는 햇님을 배웅하며 근사한 저녁을 먹고 있다. 두릅이 바구니에 수북이 담겨 있고 머위며 엄나무 순이며 곰치에 무엇부터 욱여넣어야 할까? 우리는 수다를 떨면서 손바닥 위에 주섬주섬 올려놓는다. 입보다 눈과 손이 더 바쁘다. 향긋한 봄 내음을 온몸으로 만끽하면서 우리들은 행복했다. 나무 박사님께서 푸르른 숲과 깨끗한 환경을 후대에 물려주고 싶은 그 귀한 꿈을 이루시도록 오래오래 건강하시어서 이 산천이 주인을 잃는 슬픔이 없도록 내 안에 계신 하나님께 간절히 기도합니다.

32
나눗셈 답이 자꾸 틀려요

청명한 하늘에 하얀 뭉게구름이 유유히 떠다니고 산들
바람이 가을을 알려준다. 익은 벼 이삭이 무겁다고 고개
를 푹 숙인 황금빛 물결이 바람결에 일렁인다. 저쪽 귀퉁
이 논에서 벼를 베는 기계 트랙터에서 계속 벼 자루를 쏟
아 내고 있다. 어제 본 황금 들녘이 벼 그루터기 흔적만을
남기며 열심히 논바닥을 누비고 있다. 예전 같았으면 보
름은 실히 걸릴 벼 베기를 이젠 혼자서 하루 만에 말끔히
해치울 수 있으니. 벼농사가 제일 수월한 농사라고 한다.
우리 아버지는 봄이면 수원 지방으로 올라가서 모심기 품
팔이를 시작하여 남쪽으로 내려오며 모심기하고 가을이
면 남쪽으로 내려가서 북쪽으로 올라오면서 벼 베는 품을

팔았다. 모내기는 추운 지방에서 시작하고 벼 베기는 남쪽에서부터 시작한다. 기후에 따라서 자라는 시기를 잘 알고 계신 옛 어른들의 지혜가, 과학 시대에 살고 있는 나는 그저 위대하다는 생각이 든다.

이 들판을 지나 2km 정도 떨어진 곳에 40평 남짓한 작은 밭뙈기를 얻었다. 개발로 땅 보상을 절세 효과를 보려고 토지로 받는다. 10년 세월이 지나 나이가 들어 농사를 지을 수도 없고 팔리지도 않고 놀리고 있으면 공한지세를 물어야 하니, 농사를 짓겠다고 하면 채소 심는 조건으로 그냥 빌려준다. 내가 할 수 있는 만큼이 40평이다. 우리는 '캘농'이라 했다. 캘리포니아의 끝도 보이지 않는 그 광활한 농장을 생각하며 지은 줄임말이다. 농군이 된 기분으로 삽질하고 호미질해서 무 배추를 심었다. 매일 저녁때 찾아가 그들을 만난다. 어제는 흙덩이를 이고 올라오더니 오늘은 떡잎이 나온다. 20일이 지나니 젓가락만하던 뿌리가 일주일도 채 되지 않았는데 오늘은 칼자루만 하다. 이렇게 빠른 속도로 자기 몸을 키워 갈까 참 신기하다. 자연의 위대함을 느끼게 한다. 며칠 전만 해도 배추가 땅이 얼마나 넓으냐는 듯 펼쳐져 있더니 요 며칠 새에 한 잎 두 잎씩 안으로, 안으로 오므라들고 있다. 이렇게 해서 알이 찬 김장 배추가 되는구나, 너무도 신기하고 잘 자라 주는 게 고맙기도 해서 매일 같이 무, 배추와 대화한다.

　아침에 가면 이슬이 촉촉이 내려와 파란 잎에 목을 축여준다. 벌레들이 밤사이 배불리 먹고 뒤뚱거릴 때 잡아야 한다. 어린 애순 때 가루약을 쳤지만 지금은 그 정도로는 안 된다는데 약값이 배추 수확 값을 능가하는 것 같아서 잡기로 했다. 잡지 않으면 이 벌레들은 한 가족을 이루다 못해 일가친척까지 집단을 이루어서 배추 한 포기 거덜내는 데는 그리 긴 시간이 걸리지 않기 때문에 열심히 그들과 숨바꼭질해야 한다. 무와 배추가 오후에는 물이 먹고 싶어 많이 힘들어하고 있다. 나는 골짜기에서 아주 가는 물줄기를 끌어다 받은 물을 흠뻑 준다. 이만하면 갈증은 해소됐겠지? 내일 아침에는 달고 맑은 이슬이 너희들 잎 위에 촉촉이 내려줄 거야. 주위 사람들 말에 의하면 농사는 하나님과 동업하는 사업이란다. 올해 같이 가물면 농사짓기가 힘들다고 한다. 배추 심은 이후 비는 한 번도 내리지 않았다.

알타리는 끝이 동글동글하게 살을 찌우고 가운데는 여인네 허리춤같이 잘록하게 들어가서는 가슴을 자랑하듯 다시 굵어진 모양이다. 너무 예뻐서 하나를 뽑아보고 또 뽑았다. 너는 이 모양 너는 저 모양으로 충실하게도 자라고 있다. 총각김치 담그려고 장에 가서 그저 그렇게 돈 주고 한 두단 사다가 김치 담그는 것으로 여겼던 이 알타리를 심어 가꾸다 보니 생김새의 자태까지 감동하게 된다. 농부들이 자식 같은 농작물이라고 표현하는 소리를 들을 때면 그만큼 아끼고 사랑하며 돌보는구나, 생각했지만 이토록 기특하고 신기할 줄은 몰랐다. 화분에 꽃을 키워서 아름다움을 보는 기분과는 사뭇 다른 느낌이다.

이제 한 보름만 있으면 알타리무는 수확을 해야 한다고 한다. 60일이 지나면 무 가운데에 열십자 모양으로 갈라진단다. 배추는 띠를 둘러 줘야 알이 잘 찬다고 일러 준다. 배추포기를 한아름 안고 다칠세라 어루만지며 사랑하는 어린아이를 다루듯 조심스레 띠를 둘러 주었다. 이제 한 달 정도만 지나면 알이 차서 김장할 수 있단다. 배추는 알타리나 무보다 추위에 강해서 좀 더 있어도 된단다. 이곳 농부들은 그냥 농부가 아니라 과학자다. 아니 과학박

사다. 토질이나 식물의 작은 부분까지 보기만 해도 척척 알아낸다. 씨 뿌릴 때 약을 칠 때, 물 주는 시간, 수확하는 시기, 어느 한 가지 마음대로 하는 게 아니라 채소의 생태에 따라 모든 것이 이루어진다. 어찌 그리 잘 알 수 있을까 그저 감탄만 연신 하면서 가르쳐 주는 대로 열심히 배우며 따라하고 있다.

황혼 길목에서 하루하루 이토록 신나고 흥분되는 일이 언제 있었나 싶다. 배추에 띠를 둘러놨으니 벌레는 박멸되지 않았을까 믿고 싶다. 무가 어느새 내 주먹만하게 몸을 키우고 있다. 이대로라면 김장때는 아마 팔뚝보다 더 클 것 같다. 농촌 출신 남편이 싱긋이 웃으며 "식물이 클 만큼 크면 그만이지 그렇게 한없이 크나? 그리고 무는 서리 오기 전에 뽑아야 해, 얼거든." 우쭐해서 나한테 말해준다. 남편이 매일같이 배추포기를 세고 있다. 백네 포기에서 여덟 포기 줄었다고 나눠줄 숫자를 다시 나누기하곤 한다. 나는 말해준다. 농사는 수확을 해봐야 가늠하는 것이니 미리부터 계산하지 말라고 당부한다. 어제 또 한 포기를 뽑아다 저녁 밥상에 올렸으니, 나눗셈을 다시 해야 한다. 앞으로 몇 포기는 더 먹을 것이고 누구든 찾아오면

서슴없이 한 포기 뽑아 선물할 거고, 아마 나누기는 마지막에 가서 해야 답이 맞지 않을까 싶다. 서울 쪽에서는 김장 애기가 나오지마는 따뜻한 남쪽은 아직도 멀었다. 11월 말부터 12월 중순까지니 그동안 알이 꽉꽉 차고 무도 뚱뚱하게 자라겠지?

33

이웃사촌이 제일이어요

오늘도 언니 집에서는 왁자지껄하다. 엊그제 장을 봐다 준 만두 재료를 가지고 네 분이 모여 만두를 빚고 있다. 손마디가 제멋대로 꾸불꾸불 휘어진 손으로 저마다 예쁘게 빚을 거라고 온 정열을 다 쏟아 붓고 있다. 나이가 제일 많은 박 권사는 아흔둘이고 그다음 울 언니 신 권사가 여든일곱 그 다음 김 권사가 여든여섯 하 권사가 여든다섯이다. 그중에 신 권사가 리더 격이다. 네 할머니들은 하루에도 몇 번씩 드나들며 얘기를 한다. 조금 전에 헤어졌는데 또 오면 할 얘기가 남았는지 주저리주저리 얘기한다.

신 권사는 8년 전에 텃밭이 꽤 넓은 고개 넘어 두동마을에서 살았다. 아파트가 들어온다고 집과 토지를 보상받은 돈을 두 아들과 나누어 7,000만 원이 언니 몫이다. 다세대주택 2층에 전세 6,000만원 짜리 한 채 얻은 것이 전부이다. 한심하기도 하고 막막하기도 해서 많이 힘들어했었는데, 요행히 새로 등록한 교회에 잘 적응하면서 세 할머니를 만나서 아주 가깝게 지내고 있다. 신 권사 눈에 옆에 쓰레기 더미에 자갈투성이의 빈 땅이 보였다. 이제껏 땅과 같이 살았으니 빈 땅을 그냥 놔둘 리 없다. 조금씩 일구다 보니 제법 큰 밭이 됐다. 우리는 언니가 살던 동네 이름을 붙여 '두동 농장'이라고 지었다. 몇 년을 가꾸다 보니 땅에 면모를 갖추어 농장에 어울릴 만큼 채소가 풍성하다. 우리는 거름이며 종자를 부지런히 사다 준다. 언니의 유일한 소출이며 놀이터이다. 가물면 낡은 유모차에 의지해서 뒤뚱 거리면서 옆에 있는 학교 마당에서 페트병에 물을 길어다 목마름을 달래주는 정성으로 키운 채소로 세 자매와 교회까지 밥상을 풍성하게 한다. 요즈음은 채소가 고깃값을 능가하니 아주 귀한 채소밭이다.

언니 집에서 모퉁이를 돌아 200m쯤 떨어진 곳에 박 권사가 살고 있다. 박 권사는 딸이 택지 분양을 받아 10평 남짓 되는 조립식 건물을 짓고 나머지는 텃밭이다. 6남매를 혼자 키운 억척스러움이 그 밭을 옥토로 만들어 갖가지 채소를 심어 가까이 사는 딸네들의 공급처이다.

박 권사 집 뒤에서 소방 도로를 건너면 하 권사가 산다. 하 권사는 젊어서 여러 가지 사업으로 모은 재산을 아들들에게 다 나눠주고 자기 몫으로 네 가구가 사는 다주택을 가지고 있는 제일 부자 할머니다. 하 권사도 모퉁이에 작은 텃밭을 가지고 있다. 제일 작지만, 나눠줄 사람이 별로 없어서 교회로 가져간다. 박 권사 집 마당에서 소방 도로를 건너면 할머니들의 안식처 교회가 있고 교회 뒤편에는 꼬리곰탕집을 운영하는 딸 집 이층에 김 권사가 산다. 김 권사도 텃밭이 있어 곰탕집 채소를 조달한다. 네 할머니가 다 텃밭이 있으니 공유할 대화가 많다. 완두콩 송이가 작다, 종자를 바꿔야겠어. 마늘이 잘 됐으니 올 김장 양념은 충분하다. 상추씨를 또 뿌려야겠네. 하루에 몇 번씩 만나도 할 애기는 끝이 없다.

어쩌다 '언니 점심은?' 하고 물으면 박 권사 딸이 '한우 집에 데리고 가서 잘 먹었어!' 또 어느 날 '언니 점심은?' '오늘은 김 권사 집에서 꼬리곰탕 먹었어. 며칠 있으면 하

권사 생일이라고 아들이 우리한테 맛있는 음식 대접한다
고 예약해 놨어.' 행복한 음성이다. 네 할머니들은 조금만
색다른 음식이 있으면 전화한다. 이들은 유모차에 의지하
고 바쁜 걸음으로 숨이 목까지 차도록 헐떡이며 도착한
다. 거기에 빠질세라 목사님도 가끔 봉고차에 모시고 먼
길 가서 음식 대접을 한다. 이도 저도 없는 날은 오지랖 넓
은 신 권사가 장을 보고 경로당에 가서 점심을 차려 할아
버지들과 푸짐하게 먹는다. 우린 언니와 외식하려면 예약
을 걸어 놔야 한다. 예전에는 만나면 무릎이 아프고 허리
가 아프고 혈압이 내려가서 어지럽고 기침감기는 사흘이
멀다 하게 걸리고, 그 아프다는 언니의 콧노래가 언제부
터인가 많이 뜸해졌다. 병원 가는 횟수도 확연히 줄었다.
우린 농담 삼아 언니 회춘하는 것 같다고 놀린다. 박 권사
딸이 자주 음식 대접을 하는 편이란다. 저번에는 미안해
서 사양했더니 '우리 엄마가 어머님들하고 잘 지내시면서
건강이 아주 좋아지신 것 같아서 저는 식사비가 병원비보
다 싸게 먹힌답니다' 너스레를 떨며 재촉해서 또 맛있는
점심을 잘 먹었다고, 우리들은 복이 아주 많은 늙은이라
고 주름진 얼굴에 환한 웃음이 가득하다.

우리 자매는 가끔 언니 집에 가서 할머니들이 할 수 없는 일들을 도와준다. 휴대전화를 바꿔 주고, 번호를 저장해 드리고, 마트 장도 봐야 하고, 거름도 사 오고, 용원 어시장에서 물 좋은 생선을 사다 드리고, 신 권사의 동생이 당신들의 동생인 줄 알고 스스럼없이 부탁하니 우리도 편하게 도와드린다. 이 할머니들은 딸한테 전화가 없어도 아들이 찾아오지 않아도 서운하지도 않고 기다리지도 않는다 한다. 그전에는 자식들이 주는 용돈 받기가 미안해서 꼭꼭 뒷주머니에 모아 두었다 나눠 주곤 했는데, 지금은 통 큰 신 권사 때문인지 아니면 황창연 신부님의 행복 강의를 많이 봐서인지 자신을 위해 쓸 줄을 아니까 주는 대로 받는다고 했다. 맛있는 음식이 있으면 자신들의 입에 넣기 전에 자식들을 먼저 생각했던 지난 세월을 얘깃거리로 접어두고 이웃 친구들과 나누며 살고 있으니 자식 걱정이 없단다. 모든 것을 이제야 내려놓았다고 늦은 감에 못내 아쉬워하지만, 이 이상의 행복은 없다고 했다.

네 할머니 중 한 사람은 핀셋을 들고 쑥뜸 뜰 준비를 하니 한의사 포스가 잡힌다. 한 할머니는 촛불을 켜고 휴지를 준비한다. 간호사 역이다. 아참 치약이 있어야지, 뜸을

뜬 자리에 덧나지 않게 하려면 파란색 치약이 제일이란다. 제일 나이 많은 박 권사가 엎드려 허리에 뜸을 뜬다. 다음은 신 권사 어깨에, 다음은 하 권사 무릎, 김 권사도 허리 어깨다. 서로 품앗이하듯 의사와 간호사가 바뀌면서 뜸을 뜬다. 쑥뜸의 효과가 있든 없든 이 할머니들에게는 힘들게 살아온 훈장을 들여다보며 기쁨과 슬픔이 공존하는 순간들이다. 서로의 아픔도 공유한다.

박 권사가 아파서 병원에 입원했다. 세 할머니는 자기들에게도 언제 닥쳐올지 모를 일이라고 많이 슬퍼하고 걱정했다. 2주 만에 다시 돌아왔다. 얼마나 기뻐하는지 옆에서 보기에 눈물겨울 정도다. 아마 할머니들은 닥쳐올 운명들이 머지않아 이별을 겪어야 하는 아픔일 거라는 두려움이 앞서나 보다. 할머니들은 똑같은 목적으로 기도한다. 요양병원 가기 전에 자다가 하늘나라 갈 수 있기를 정말 간절히 기도한다. 이웃이 이렇게 끈끈할까! 서로의 형편과 처지를 가장 가까이서 공유하고 위로하며 살아가는 이웃사촌이다. 이들은 발음이 새도, 귀가 아물거려도, TV 볼륨을 끝까지 올려도, 목청을 높여 말해도 눈치 볼 일 없이 떠들며 얘기하고 웃는다. 때론 먼저 떠난 영감을 그리워하며 눈물을 훔치기도 하지만 오늘이 있어 감사하다고 마냥 행복해한다. 언니 집 앞을 지나면서 흘끗 바라보니 웬일인지 유모차 한 대가 적다. 누구 한 사람이 안 왔나 보다. 또 어느 날은 한 대도 없다. 아! 노인정 가셨나 보다. 흔히들 말한다. 멀리 있는 친척보다 이웃사촌이 더 낫다고. 나는 그냥 흘려들었었는데 지금은 그 말이 가슴에 와 닿는다. 그래 맞아, 고개를 끄덕이면서 나도 저렇게 마음을 나눌 이웃사촌을 준비해야겠다고 다짐한다.

34

멋진 마도로스 내 남편

"오늘 5시에는 치과에 가고, 내일은 친구와 점심 약속이 있고."

남편은 한창 바쁘게 일과를 짜고 있다. 그런데 갑자기 회사에서 전화가 와서는 오늘 저녁 7시 비행기로 일본에 가서 교대해 달란다. 선장이 사고를 내서 당장 하선해 조사를 받아야 한단다. 그는 그러겠노라고 답하고 전화를 끊고는 '알바 인생이라 내 시간도 내 맘대로 쓸 수가 없다'며 투덜대지만 싫지는 않은 것 같다. 부산한 마음으로 짐을 챙기고 서류를 준비한다. "신체검사를 미리 받아 놓았으니 다행이구먼." 혼잣말처럼 중얼거리며 가방을 싸고 있다. 40여 년간 해온 것이라 숙달도 되고 면역도 되었으련만, 나는 가방을 꾸리는 순간마다 심란하고 일이 손에 잡히질 않는다. 오늘은 갑자기 떠나게 돼서인지 더 가슴이 시리고 목이 멘다.

"치과 가는 일은 어쩌나? 꿰맨 실 빼야 한다면서"라고 물으니, 배에 가서 혼자 빼본단다. 먼젓번 의치 할 때도 일정이 맞지 않아서 자기가 해본 경험이 있단다. 잘하면 돌팔이 의사 노릇도 할 수 있겠다, 하면서 우린 시린 가슴을 달래며 웃었다. 회사와 여러 번 전화가 오가더니 3시쯤 해서는 내일 아침 비행기란다. 다행이라 하고는 치과 일을 마무리하고 이별의 만찬을 즐기는 여유도 갖게 되었다. 이른 아침 공항 길을 달린다. 예전에는 배웅 길에 으레 비가 내렸다. 그래서 우리는 이별의 슬픔을 하늘에서도 함께 울어주는 것이라 했었는데 오늘은 날씨가 아주 화창하다. 슬프지 않은 내 마음을 하늘도 이미 눈치를 챈 것 같다.

출국하여 짧으면 10개월, 아니 12개월 어떤 때는 17개월도 걸린 적이 있으니 마지막 길인 양 슬퍼 울었다. 남편의 뒷모습을 마저 안아드리는 순간 다리에 힘이 빠지고 돌아서는 발걸음의 자국마다 눈물을 흘렸건만, 오늘은 눈물은커녕 마지막 출국 문이 닫히는 순간 아주 기분 좋은 미소를 머금는다. 남편 때문에 미루어 왔던 일들이 한 가지씩 풀려나오고 있다. 밀린 일들이 너무 많다. 딱히 못 하게 말린 적도 없고 성가시게 하지도 않았는데 괜스레 나 혼자 동동거린 것 같다. 공모전 작품도 써야 하고, 몇 군데 작품에 소개되는 곳 여행도 다녀와야 하고, 신바람이 났다. 남편을 비행기에 실려 보내고 돌아오는 길 양편에는 목련이 흐드러지게 피었다. 벚꽃은 터질 듯 봉오리를 양껏 부풀어 있는 저 꽃들도 아마도 나와 같은 기분이려나? 물어보고 싶다.

남편은 정년퇴임 후 핀치 히터로 3~4개월씩 승선한다. 하선할 때마다 "좀 힘드네, 이젠 그만 타야겠어! 젊은 사람들이 행어 불편할까 조심스럽기도 하고," 그럴 때마다 나는 할 말을 잃는다. 염치가 없다. 나의 활발하던 웨딩사업은 판단력이 흐려 소송에 휘말리어 많은 것을 잃었고, 다시 시작한 웨딩 뷔페 사업은 몇 년도 못하고 중동으로부터 전파된 메르스라는 전염병 앞에 무릎을 꿇었다. 남은 것은 빚 밖에 없었다. 노후 준비는 더더욱 없다. 일흔의 나이에도 배를 타야 한다는 자신을 얼마나 비참하게 생각할까? 생각하면 내 가슴도 미어진다. 이번만 다녀오고 배는 그만 타자고 했다. 남편은 그러자고 하면서 "그런데 말이야, 회사에서 자꾸 부르잖아. 거절할 수도 없고." 우쭐해하는 모습을 보면 그렇게 비참하게 생각하지는 않는 것 같다. 때로는 자랑스럽게 여기기도 하는 것 같다. 몇 개월 집에 있으면 "바다 냄새가 슬슬 그리워지는구먼. 나는 어쩔 수 없는 타고난 뱃놈인가 봐." 나를 바라보며 동의를 구한다.

난 무슨 복일까? 요즘 유행하는 말로는 3대를 덕을 쌓아야 주말 부부라 한다던데, 나는 아마 5대는 덕을 쌓았나 보다. 월말 부부가 아닌 기말 부부이다. 친구들이 "너는 영부인보다 더 팔자 좋은 여자여. 부럽다, 정말." 잔뜩 부풀리기는 했지만 조금은 맞을 것 같다. 영원히 떠난 것도 아니니 애타게 그리워하지 않고, 세 끼 식사 수발들지 않으니 편하고, 잔소리 안 들으니 스트레스 받을 일 없고 어딜 가든지 집 걱정 없으니 자유롭고, 남들은 각종 지병이 있어 병원에 드나들며 병원비를 지출하는데 남편은 건강하여 돈을 벌어온다. 이쯤 되면 영부인까지는 아니지만 복많은 여자임은 틀림없다.

당신 또래의 남자들은 할 일이 없어 복지관에서 적당히 시간 보내고 TV 종편 프로그램을 보면서 흥분하여 욕설로 스트레스를 풀고 마누라 눈치 살피며 세 끼 얻어먹는 삼식이 처지가 많은데, 그래도 당신은 수입이 있는 일을 하고 있으니. 당신은 알바가 아닌 멋진 Captain! 그것도 달러를 벌어오며 나라 경제 발전에 한 축을 담당하는 사람이랍니다. 국가의 지대한 일꾼으로서 만천하에 알리고 자랑할 만한 당신이라오. 당신은 큰소리로 자랑했죠, 세계에서 제일인 목포 하버드 해양 대학 출신이라고. 맞아요. 하버드대보다 더 멋진 정년이 없는 학교죠. 누가 뭐라고 해도 당신은 멋진 마도로스 내 남편이랍니다.

35

할머니가 어때서

할머니 몇 층이세요? 으응, 9층. 너는 몇 층 살아? 12층이요. 그러면 네가 몇 층 위일까? 갸우뚱하더니 3층이요. 계산을 참 잘 하는구나. 꿈을 물어봐도 돼? 저는 가수요. 너는 계산도 잘하고 똑똑해서 좋은 가수 될 거야. 불과 15초 정도의 시간에 많은 얘기도 나눴다. 저 애가 나에게 말을 걸어 준 것이 너무도 반갑고 고마워서 한마디라도 더 해서 환심을 사두면 만날 때마다 반겨 주리라 싶어 욕심을 내본다. 승강기 문이 스르르 닫히는 사이로 들려온다. 저 할머니가 똑똑하다고 그랬어. 나는 어깨를 으쓱하며 빙긋이 웃음이 나온다. 늙으면 입은 닫고 지갑은 열라 하더니 그 말도 절대적이지는 않은가 보다. 저 아이에게 잠시

나마 기쁨을 주었으니 입을 닫을 필요는 없겠구나.

늘 이렇게 좋은 말만 하는 것은 아니었다. 어느 날 젊은 이가 "할머니, 부산역이 여기서 얼마나 돼요?" "모르겠는 데요." 퉁명스럽게 대답했다. 초량에서 살고 있는 내가 지하철 한 정거장 거리인 부산역을 모른다고 했다. 가르쳐 주기 싫었다. 할머니라니, 내가 왜 자기 할머니야? 아주머니라든지 선생님이라든지 좋은 말이 얼마나 많은데, 노인들이 싫어하는 호칭이다. '할머니' 그래 얼마나 정겹고 편안한 호칭인데, 하지만 그건 내 손자 손녀가 부를 때 그저 좋아서 오야 오야 하고 대답하지만, 남들이 부르는 것은 정말 싫다. 왜 싫을까? 이 마음은 겪어보지 않고는 절대 이해가 안 될 일이다. 늙었다는 사실을 길거리에서 확인받는 것이니 그냥 싫다. 거울 앞에서 마주 볼 때는 어쩔 수 없이 인정하지만 나를 볼 수 없을 때는 꽃다운 젊은 모습일 거라고 착각한 것 같다.

80년대 초 친구가 울주군 서생으로 시집갔다. 부산에서 자가용으로 불과 한 시간 반 정도의 거리인데도 아주 시골길이었다. 결혼한 친구 집에 갔다. 시어머니께 우리는 서슴없이 할머니라 호칭했다. 친구의 시모이면 우리도 어머니라 호칭했어야 옳았는데 왜 할머니라 했는지 모르겠다. 아마 시골에서 살다 보니 우리 눈에 많이 늙어 보였었나 보다. 자주 드나들면서 자연스레 할머니였다. 그 당시 나이가 60도 안 되었었는데, 지금 내가 70이 넘었어도 그렇게 듣기 싫은 말이 얼마나 듣기 싫고 미웠을까? 늙어보지 않은 젊은이가 어찌 그 마음을 헤아릴 수 있었겠는가마는, 미안한 마음이 세상을 떠난 지 오랜 세월이 지났어도 늘 마음 한구석을 자꾸 건드린다. 어머니라고 부를걸.

지역주민 일을 하는 큰딸에게 물어봤다 "너는 경로당 방문해서 노인들보고 뭐라고 부르니?" "응, 할머니." 아무렇지도 않게 대답했다. "기왕이면 여사님이라 부르면 어떨까?" "왜요?" "나이 들고 보니 할머니로 인정하기가 정말 싫더라. 아마 다 같은 생각 아닐까?" "그럼 할아버지한테는 뭐라고 하면 좋을까요?" 순간 말문이 막힌다. 그들의 생각을 한 번도 물어보지도 않았고 들어보지도 못했다. "남자들도 여자하고 생각이 같지 않을까? 그래서 나는 선생님이라 하는데 너도 그랬으면 좋겠다. "네, 알겠어요. 어려운 일도 아닌데 호칭 하나 바꿔서 기분 좋다면 그렇게 할게요." 쉽게 대답해 주는 딸이 고맙게 느껴졌지만 속으로는 무슨 생각을 할까, 어쩌면 참 유별나다고는 하지 않을까 부끄러운 생각이 스멀스멀 피어나 멋쩍은 미소를 짓는다.

가까운 지인이 60대 초반이었는데 어느 날 전통 재래시장 좌판에서 물건을 샀다. 으레 하는 말로 "할머니, 덤 좀 주세요." 퉁명스럽게 "많이 줬어요." 하면서 덤을 주지 않기에 섭섭한 마음을 가지고 돌아서려는데 "할매(부산 사투리) 잘 가소." 하기에 내 뒤에 누가 있나 돌아봤는데 그 여인 뒤에는 아무도 없었단다. 순간 소스라치게 놀라면서 잰걸음으로 집에 돌아와 거울을 봤다. 아무리 뜯어봐도 할매는 아니다. 왜 나보고 할매라 했을까, 갸우뚱 생각하다가 띵, 하고 머리를 때렸다. 내가 장사 아주머니에게 할머니라 한 말이 부메랑이 되어 나에게 할매로 돌아온 것이다. 역시 나부터 고운 말을 잘해야 하겠다는 재미있는 얘기에 우리는 모두 동감이라 했다.

세계 어느 나라 여인이라도 자신의 늙음을 인정받는 것을 좋아하지는 않을 것 같다. 남편이 백화점에서 물건을 고르고 있으니, 종업원이 다가와 어르신이라 하면서 권하는 게 좀 그랬다고 하던데, 남자들도 같은 생각인가 보다. 그런데 아이들이 할머니라 하는 것은 아무렇지 않다. 아이들은 솔직해서 그 눈을 속일 수 없다는 것을 안다. 근데 어른들은 상대를 배려해야 하는 기본 매너가 있는 것이기에 섭섭한 것 같다. 내 마음을 나도 모르지만, 아무튼 남들이 부르는 할머니 소리는 정말 싫다. 늘 머릿속에서 곱게 늙자, 품위 있게 늙어가자 늙어가는 것에 잘 순응하면서도 정작 남이 인정하는 것은 마음으로부터 거부한다. 아쉽지만 아주머니로 비쳐졌으면 좋겠다, 하는 욕심은 나 자신과도 타협이 안 되지만 앞으로 살아가는 동안 편안한 마음으로 다가오는 내 삶을 받아들여야겠다. 고운 할머니로 아름다운 할머니로.

36

소녀들의 행진

요즘 젊은 사람들이 유행하는 파자마 파티다. 저마다 멋대로 생긴 몸매는 개의치 않고 그저 웃음이 끊이질 않는다. 파자마 파티가 이렇게 부담 없는 편한 자리가 되는구나. 소녀 시절에는 가랑잎 굴러가는 것만 보아도 깔깔거리며 웃어서 어른들이 헤프게 웃는다고 나무라셨는데 그동안의 세월 속에서 웃음이 많이 줄었다. 웃어도 미소지 큰 소리로 웃는 일은 드물었다. 지금의 우리는 그 시절을 다시 찾았나보다. 깔 깔 깔 아무리 시끄럽게 웃어도 나무라는 사람이 없다. 실컷 웃었다. 내가 제목을 붙였다. '과부들의 행진'. 한 친구가 기왕이면 '소녀들의 행진'이라 하자고 해서 그래 그게 좋겠다고 손뼉을 쳤다. 그저 재미있고 즐거웠다.

나이는 까맣게 잊고 소녀처럼 웃고 있다.

5년 전까지는 같은 교회에서 믿음 생활을 행복하게 했었다. 이 땅에서 누리는 최고의 행복이었던 것 같다. 우리들이 너무 행복해서 하나님이 샘이 나서 여러 곳으로 흩어지게 하셨나 보다. 견디기 힘든 아픔을 안고 뿔뿔이 흩어져서 새로운 교회에서 믿음 생활을 하게 됐다. 각자가 섬기는 교회가 있으니 자주 만날 수가 없었다. 전화 통화마저도 영 뜸하다. 내가 초대했다는 멋진 제목을 붙여서 나에게 축하해줘야 한다는 부담감을 한 짐 지워줬다. 인지도도 없는 문학사에서 수필 작가로 등단한 것이 친구들은 대단한 줄 알고 어렵게 시간을 내어 발길들을 옮겼다. 전철을 타고 버스를 타고 다시 승용차를 타야 하는 진해 웅동이다. 김해에 사는 친구는 기계에서 차표 사는 것이 힘들었다고 푸념한다. 아마 먼 여행길이라 느껴졌을 것이다.

그래도 만나는 기쁨이 있어서인지 다들 웃음을 가득 담고 반가움에 손을 맞잡는다. 만나면 할 말이 너무 많다. 추억이 참 많은 우리다. 추억만을 되새김질해도 몇 밤은 거뜬히 보낼 수 있을 만큼이다. 이렇게 아름다운 추억이 많은 우리에게는 견디기 힘든 아픔이 있었다. 그 아픔의 충격으로 삶의 터전도 각지로 이사했다. 김해로 양산으로 나는 진해로 왔다. 믿지 않는 세상 사람들에게 부끄러운 일이지만 우리들은 헤쳐 나갈 수 없는 큰 아픔이었다. 돌이켜보면 다 우리들의 욕심에서 비롯되었음을 깨닫지만, 그때는 이미 모든 물이 엎질러진 상태다. 많이 후회한다. 지난날의 아픔까지 보탠다면 할 얘기는 끝이 없을 것 같다.

일주일이면 적어도 세 번은 만났었는데, 뿔뿔이 헤어지고 나니 한번 만나기가 이렇게 어렵구나. 남편도 승선 중이고 너무도 편안한 분위기다. 감격스러웠다. 한 친구가 나이를 계산해 보자고 한다. 다섯 사람 모두 합하니 375살이다. 엄청 많다. 앞으로 우리가 몇 년을 이렇게 여행할 수 있을는지 알아보자고 했다. 새로 개정된 나이로 계산을 해보니 그동안 두 살이 위라고 언니 대접해달라고 큰소리치던 친구와는 동갑이 되고 한 살이 적다고 자랑했던 친구도 생일이 빨라 동갑이 되고 한 살이라도 줄여보려고 애써 봐도 이제는 만 나이로 계산해야 하니 별수 없다고 다시금 평정을 찾았다. 일흔의 허리춤이니 욕심으로 말하면 십 년이고 아니면 오 년의 세월밖에 쓸 수 없다는 결론을 내렸다. 남은 세월 후회 없이 살아보자고 한숨 대신 웃음으로 말했다.

어제 내린 비에 시냇물이 불어서 힘차게 흐르고 청둥오리가 유유히 노니는 시골 풍경이 신비로운지 창가를 떠나지 못한다. 아름드리 키 큰 니키다 소나무 가지가 창문을 두드린다. 밤이 되니 소나무 사이로 커다란 달님이 환하게 창가에 걸쳐 있다. 정겨운 풍경이 친구들을 따스하게 감싸 준다. 도심에서 잠깐 벗어나서 이런 풍경을 감상하는 것이 좋은가 보다. 또다시 오고 싶단다. 한 달에 한 번씩 불러 달라고 했다. 한 친구가 두 달에 한 번씩 불러 달란다. 그러마 했다. 보잘것없는 협소한 작은 집이지만 그래도 잠시 쉼이 되었나 보다. 가진 것이 별로 없어도 아름답고 평화로운 곳에 살고 있다고 은근히 뽐내고 싶어진다. 두 달에 한 번씩 만날 수 있도록 건강 잘 보살피자고 굳게 달님을 보면서 소녀처럼 손가락을 걸었다. 과부가 아닌 소녀로 말이다.

37

연어는 거센 물결을 마다하지 않는다

모처럼 큰딸한테서 전화가 왔다. 반갑다. 늘 바쁜 딸이어서 통화는 거의 못 하고 문자로만 대화를 나누는데 전화가 오니 무척 반가웠다. "웬일이니, 바쁘지 않아?" "엄마, 나 이번 지방 선거 때 시장으로 출마하려고 해요." 반갑던 마음은 사라지고 아무 말도 할 수가 없다. 전화기 너머로 가쁜 숨만 내쉬고 있다. 한참이 흘렀다. "어쩌려고?" 또 적막이 흐르고 가쁜 숨소리만 전해진다. "뭘 가지고 선거를 치르려고 하니?" "엄마, 언제는 내가 돈이 있어서 선거에 출마했었나요? 후원받고 당에서 지원받고 하면 돼요." 명치가 막혀오면서 자꾸 숨을 몰아쉬다가 다시 통화하자 하고 전화를 끊었다. 아무리 생각해도 감당이 어려운 일일

거라는 부정적 생각뿐이다. 이걸 어쩌나, 격려를 해줘야
하겠는데 도저히 입이 떨어지질 않는다.

　25살의 앳된 나이에 기초의원에 출마하겠다고 할 때도
지금처럼 숨이 막히지는 않았었는데, 지금은 어떤 마음인
지 영 종잡을 수가 없다. 다시 통화도 못하고 내가 믿고 의
지하는 신께 엎드려 기도하는 것 말고 다른 일은 아무 일
도 할 수 없다. 들판에 나가 쑥을 뜯고 있다. 요즈음에는
쑥이 많이 자라서 끝순만 똑똑 따야 쓴맛이 적어 먹을 수
가 있다. 따갑기까지 하다… 사흘을 따서 방앗간에 가서
절편을 석 되 주문했다(남쪽지방의 한 되가 윗 지방의 두
되). 아직도 방앗간은 척관법을 쓰고 있다.
　다음날 택배로 보냈다. 문자가 왔다. 엄마 떡 잔치 잘했
어요. 사흘이 지나 '떡 또 보내줄까?' 문자를 보내니 '네'
문자 답이다. 다시 쑥을 뜯고 있다. 5월의 날은 덥고 힘이
든다. 자식이 큰일을 하겠다는데 어미가 할 수 있는 일이
겨우 쑥떡이라니 가슴이 미어진다. 어느 노랫가락에 콩밭
매는 아낙네가 포기마다 눈물을 심는다더니 나는 쑥 잎마
다 눈물을 떨구고 있다.

남들 잠잘 때도 밤이 늦도록 바느질했고 남들이 쉴 때도 일을 했건만 어찌 된 일인지 나는 가진 게 없다. 선거 때마다 느꼈지만 이번에는 더 절실하다. 이럴 때 도와줄 수 있으면 얼마나 좋을까? 가슴만 조이고 있는 나 자신이 너무나 밉고 한심스럽다. 내 삶에서는 가진 것이 적다고 불편하게 생각하지는 않았던 것 같은데 지금은 정말 가슴이 시리고 아파 지난날 내 삶을 돌아보기조차 싫다. '엄마, 떡 잘 받았어요.' 단답 문자다. 어떠냐고 물어볼 수도 없다. 거대 양당 사이에서 홍해를 가른 모세의 기적이 아니고는 어찌 이길 수 있겠는가 하는 마음이 더 가슴을 아리게 한다. 선거라는 것이 승자와 패자가 있는 것이지만 뻔히 보이는 패자의 아픔을 겪겠다고 불나방처럼 달려드는 저들의 세계를 알 수가 없으니 나는 더더욱 안타까울 뿐이다.

딸을 위해 일하는 운동원의 간식이 요긴할 것 같아 다시 석 되를 하고 이것저것 먹을 것을 장만해서 차에 싣고 부산에서 길을 나섰다. 20년을 선거에 출마할 때마다 가는 것은 물론이고 바쁜 일이 있다하면 아이를 돌보기 위해 오르내린 이 길이 오늘은 왜 이리도 먼 길인지 모르겠다. 예전에는 기대에 부푼 마음이 있었고 딸을 위해 아이들을 돌봐줄 수 있어서 행복했기에 길이 그리 멀게 느끼지는 않았던 것 같다. 세월의 흐름 탓도 있겠지만 이번 길은 지지리도 멀고 차들의 흐름도 더딘 것 같다. 기초의원 출마할 때 그토록 말렸지만, 환경을 지키기 위해서는 힘이 있어야 한다고 환경 연합 총장까지 나서서 나를 설득했다. 딸에게 거는 나의 원대한 꿈도 있었는데 운명이 나를 거역하는지 전국 최연소로 당선되었다. 내 꿈 의지는 허사가 되었지만 내 꿈이 무슨 대수이겠나, 오직 딸이 가는 길을 축복할 수밖에는 없지만 이번 출마는 영 마음이 내키질 않는다.

예상은 적중했다. 딸은 후회 없다고 했다. 본인은 잃은 것도 있고 얻는 것도 있겠지만 격려하고 후원해 준 분들의 마음의 상처는 어찌 치유하고 무엇으로 보답할꼬. 혼잣말처럼 중얼거렸다. 대답은 간단했다. 행복하게 잘 사는 세상 만들면 보답이죠. 나는 한마디도 건네지 못하고 부산을 향해 새벽길을 달렸다. 운전하면서 많은 생각을 하게 한다. 잘 사는 세상? 행복한 세상? 정치판에 숟가락 얹은 사람 어느 한 사람도 그 말을 외치지 않는 사람이 없는 것 같다.

먼젓번 도의원에서 낙선했을 때 우리가 모두 어안이 벙벙했다. 슬퍼하거나 이게 왜? 생각할 수도 없는 결과에 할 말을 잃었었다. 우리는 그 상처에서 헤어나지 못하고 아픔과 고통을 겪었다. 정치는 생물이라더니 이렇게 변할까? 도저히 납득이 안 가는 결과여서 아팠지만, 이번 선거는 불나방이 되었기에 당연한 결과로 받아들여지니 나도 마음이 여유롭다.

몇 번째인가? 세 번을 웃었고 두 번을 울었다. 앞으로 또 얼마를 울고 웃을 것인가. 딸아, 나는 너로 인해 단 한 순간도 어떤 부귀영화도 꿈꿔 보지 않았단다. 그런데 말이다. 네가 아니어도 이 세상은 다 잘살고 행복하게 살 수 있다고 생각한다.

너무나도 힘들고 험한 길이라는 것을 옆에서 지켜봤으니 더더욱 너의 길을 말리고 싶단다. 자그마한 반찬 가게를 해도 지금처럼 고통스럽지는 않을 것 같다. 하지만 딸아, 내 운명을 거역할 수 없었듯이 너의 길이라면 이 어찌 거역하겠는가마는 너에게 부탁이 있다. 연어가 거센 물결을 마다하지 않고 치고 올라가듯이 탄소가 없는 녹색 도시를 만들겠다는 너의 소신을 성취하려면 또 얼마나 힘든

일이 많을까마는, 꼭 권력의 힘이 아니어도 너의 소신을
잃지 않기를 바란다.

38

불로장생

밤늦은 시간에 친구한테서 전화가 왔다. "얘, 지금 제주도 관광 상품 파는데 우리 여행 떠날래? 값이 엄청나게 싸니 우리 휴양한다고 생각하고 떠나 보자. 4박 5일에 30만 원도 안 드는데 완전 대박 아닌가?" 나도 상품 판매하는 채널로 돌렸다. 말도 안 될 만큼 저렴하다. 비행기 요금에 숙박비밖에 안 되는 돈으로 제주도 명소도 다 관광시켜 준단다. 예약했다. 저렇게 싸면 뭔가 현지에서 추가 옵션이 있겠지? 뭐 그런 건 안 하고 그냥 쉬고 온다고 생각하며 몇 번을 다짐하고 떠났다. 코로나 때문에 집에만 있다 보니 여행이 정말 그리웠었다.

제주도에 도착해서 호텔 근처에서 저녁을 먹고 숙소에
와서 밤늦도록 얘기하며 여유를 즐겼다. 여유롭고 편안했
다. "얘, 참 좋다. 우리는 내일 일행에게서 빠져 올레길에
갈까?" "글쎄, 될까?" 다음 날 아침을 먹고 관광차에 몸을
실었다. 능숙한 가이드의 안내가 시작된다. 첫 마디가 절
대 일행 중에서 이탈은 안 된단다. 만약 이탈을 원한다면
그에 상응하는 대금을 내야 한다고 했다. 그리고 몇 군데
에서 쇼를 관람하게 되는데 관람료는 따로 내고 쇼 관람
을 해야 한다고 했다. 그 자리에서 기사 분과 가이드 팁과
관람료를 징수한다.

우리는 서로 마주 보며 그러면 그렇지, 반신반의했던 상
황이 현실로 다가왔다. 아무튼 왔으니 여기 규칙대로 따
를 수밖에 없다는 것을 깨닫고 우리들의 계획은 체념하
고 맘껏 즐기기로 했다. 어느 산삼 배양하는 곳에 방문했
다. 산삼 배양이라는 상품에 대해 얼마나 설명을 잘하는
지 안 먹으면 내일 당장 큰 병 걸릴 것 같은 마음이다. 설
명을 듣는 순간 옳다구나 빈혈에 고생하는 작은딸이 스치
고 지나간다. 카드 최대 장기로 긁었다. 출발 전의 굳은 맹
세는 순식간에 무너지고 카드 결제에 대해서는 앞뒤 재

보지도 않고 사고 말았다. 다음은 말 태반에서 추출한 콜라겐이다. 이것만 먹으면 있는 주름 다 펴지고 늙지도 않을 듯해서 또 카드 긁었다. 다음은 근육에 절대적인 단백질 덩어리 굼벵이 가루, 다음은 말가죽 공예로 명품을 능가한다는 가방을 또 긁었다. 농수산물 코너에서는 미역에 뭐 이것저것 또 긁었다. 마지막은 공항까지 배달되는 오메기떡까지…….

집에 돌아와 곰곰이 생각을 해봐도 너무나 어처구니가 없다. 물론 여행을 다니다 보면 현지에서만 생산되는 것이 있어 그때마다 사게 된다. 어떤 때는 아주 요긴해서 기쁘게 활용하는 것도 있지만 대개는 후회하게 된다. 이번에는 절대로 안 사야지 했는데 역시나 나는 또 사고 말았다. 가이드는 홈쇼핑 쇼 호스트를 능가하리만큼 홍보를 어찌나 잘하는지 그때부터 구매욕이 발동한다. 때론 우리가 구매하지 않으면 자기들은 임금도 받을 수 없고 회사에서는 광고비도 충당이 안 되니 부디 구매해 달라고 애원도 한다. 현장 판매자는 의학박사를 능가할 듯한 전문적 지식을 누에고치 명주실을 뽑아내듯 줄줄이 내놓는데 그 얘기를 무시하기는 정말 어려운 일이었다. 그 순간만은 정말 맞는 것 같고 꼭 먹어야만 건강하게 잘 살 수 있을 것 같았다. 팔랑귀를 가진 나는 도저히 빠져나올 수가 없다.

이번 여행은 쇼핑하러 갔다 온 쓸쓸한 기분이다. 웬 떡이냐고 덥석 문 내가 잘못이지, 이 세상에 공짜가 어디 있으며 어느 누가 손해 보는 장사를 하겠는가. 영구불변의 진리를 사후에나 깨닫는 어리석은 나다. 구매한 물건들을 펼쳐 놓고 우두커니 바라보다 나에게 위로한다. 그래 그 사람들의 말대로 이걸 열심히 먹고 예뻐지고 건강해지자. 그러면 되는 거다. 그 사람들의 말대로만 된다면야 잘못한 일도 아니지 않을까? 믿자, 믿고 시키는 대로 잘 먹어보자. 식탁 위에 가지런히 올려놓았다. 우리 부부는 그 흔한 비타민 종류 한 가지도 먹지 않는 편이다. 건강 보조 식품도 선물이 주어지는 것 외에는 사서 먹지는 않는다. 식탁 위에 올려진 물건을 남편이 의아해한다. 남편에게는 현지에서 들은 얘기보다 더 과장되게 설명하며 먹을 것을 권하니 "이 사람아, 그런 불로장생초는 진시황제도 못 찾았다네." 한심하다는 듯 핀잔을 준다. 핀잔을 들어도 싸다.

항상 빈혈에 시달리는 작은딸에게 택배로 보냈다. "이

것은 절대적으로 너에게 필요하니 게으름 피우지 말고 잘 먹어라. 효험이 있다면 가이드에게 부탁하면 사서 보내 준대. 현지에서는 방문객에게만 파는 가치 있는 귀한 식품이란다. 믿고 안 믿고는 너의 몫이지만 나는 귀하게 생각하고 값을 치렀으니 꼭 먹어보렴." 사정하며 권했더니 "여행 가시는 것도 몰라 여비도 못 보태 드렸는데 이렇게 귀한 선물까지 사 오셨으니 감사히 잘 먹겠습니다." 퉁 맞을까 노심초사하며 건넸는데 고맙다고 하니 다행스럽고 마음이 놓인다. 남편과 나도 하루에 두 번 잊지 않고 먹는다. 그래 예뻐질 거야, 건강해질 거야, 최면을 건다. 앞으로 6개월 동안 25일이 되면 카드값이 얼마나 나올지 가슴 졸일 일이 아득하다.

39

이자도 안 받잖아요

코로나19. 난생처음 들어보는 전염병이 온 나라를 혼돈의 도가니에 몰아넣었다. 사람들을 집안에 가두어 두듯 모임이란 모임은 다 금지하고 혼례는 뒤로 미루고 장례는 가족끼리만 치르고 모든 생활이 완전히 변했다. 외출도 모임도 자제시키다 보니 상인들은 장사가 안된다고 아우성치고 기업은 기업대로 타격이 이만저만이 아니란다. 5~6년 전에 메르스라는 중동에서 건너온 전염병에 웨딩·뷔페 사업을 하는 나는 폐업할 수밖에 없었다. 출근하면 예약 취소 전화다. 모임 회식 결혼식 취소가 예약보다 훨씬 더 많다. 취소하지 않고 예식을 진행하면 하객이 100명도 안 되니 예식 한 팀 치르면 오히려 적자다.

　3개월이 지나면서 메르스는 서서히 물러가고 있었지만, 예식 시즌을 완전 적자 운영하다 보니 빚에서 헤어 나올 수가 없어 일 년을 버티다 결국은 빚을 한 짐 가득 지고 문을 닫았던 아픈 기억이 생생하게 떠오른다. 메르스보다 더 전염성이 강하다는 코로나는 끝이 보이질 않는다. 오뉴월 엿가락 늘어나듯 질질 늘어지고 있다.

　얼마나 많은 사업자가 가슴 조이며 눈물을 흘릴까 심란하다. 정부에서 사업자들에게는 얼마의 대출도 해주고 세금도 미루고 이자도 감면해 주고, 나 때는 상상도 못 했던 혜택이지만 그 정도로 버틸 수 있을까 하는 마음이다. 각 가정에는 재난 지원금이 나왔다고 좋아하고 있다. 이 돈을 어디에 쓸까 무엇을 할까 요긴하게 잘 쓰겠다고 고마워하는 사람이 있는가 하면 기부를 했노라고 독립투사라도 된 것처럼 의기양양하게 자랑하는 사람도 있다. 어떤 사람은 그 돈 조금 주고 세금을 얼마나 걷어들이려는지 모르겠다고 혀를 끌끌 차면서 아직 일어나지도 않은 일에 걱정부터 하고 있다. 우리 집에도 60만 원이 들어있는 카드가 왔다. 소상공인의 생계를 돕자는 차원이어서 재래시장이나 작은 상가에서만 써야 한다는데 그래도 나는 감사했다. 내가 이 돈을 나가서 신나게 쓰고 상인들은 신나게 장사할 테니 이 또한 다 같이 살아갈 수 있는 행복이 아닐까, 싶다.

이번에 재난 지원금에 대해서 경제학자가 라디오에서 인터뷰하는 것을 들었다. 진행자가 이렇게 돈을 풀면 인플레이션 걱정을 해야 하는 것 아니냐고 하니 경제학자의 말이, 호스 관을 통해 물이 잘 흘러가듯이 경제도 막힘없이 흘러야 하는데 물을 통과시키는 호스가 얼어서 막혀 있으니 뜨거운 물을 한 주전자 부어서 호스를 녹여 물을 흐르게 하고 물이 흐르면 끝에서 뜨거운 물 한 주전자만큼 받아오면 된다고 말했다. 그런 논리를 듣고 나니 경제의 논리 역시 과학적이고 그 과학을 어떻게 풀어나가느냐에 따라서 국민들 삶의 질을 높일 수 있을 것이구나, 하는 생각이 들고 모든 것에 믿음이 생긴다. 나라에서 그냥 돈을 준단다. 맛있는 음식 사 먹고 사고 싶었던 것 사란다. 이자도 안 받고 원금도 안 받는단다. 오직 호스 관에 물이 잘 흐르게 하는 이치를 위해서란다.

옛날 효종 때도 가뭄이나 홍수 때문에 흉년이 들어 보릿고개에 나라에서 농민들에게 곳간을 열어 구휼미를 나

뭐 주는 제도가 있었다. 재난 지원금이나 구휼미나 똑같은 이치다. 또한 농가에서는 '고지'라는 관례도 있었다. 농사를 지어 주기로 하고 미리 품삯을 받는 것이다. 주로 일손이 제일 많이 필요한 모내기나 김매기 벼 베는 일 등이다. 고지를 먹는다 하는데 고지를 먹으면 그 집에서 요구하면 최우선으로 일을 해 줘야 한다. '고지 먹은 후 답답'이라는 속담도 있다. 구휼미나 재난 지원금하고는 달리 원금에 이자가 있다. 나라에서 시행하는 것이 아닌 개인이다. 사채인 셈이다. 이자는 하루 품삯의 1.5배다. 이틀 치얻어 오고 3일을 해줘야 하는 높은 고리다. 그래도 소작인이나 품팔이 하는 사람들은 그나마 보릿고개에 죽이라도 먹을 수 있으니 버틸 수 있었을 것이다. 고지 얻을 수 있는 것도 힘이 좋아 일 잘하고 주인이 요구하는 날에 차질 없이 해주는 신뢰가 있어야 했다. 소작인들은 허리가 휘어지게 일해서 겨우 먹고 고지 갚고 또 고지 얻어먹고, 허리 펼 날이 언제였을까?

요즘 트로트가 대세인지 TV에서 심심찮게 트로트 가수들이 출연하여 열창한다. 나는 크게 즐겨 하지는 않지만 그래도 간혹 채널을 고정하고 볼 때도 있었다. 나이가 아주 어린 10대 소년이 「보릿고개」라는 노래를 부르는데 어찌나 감성이 풍부하게 잘 부르는지 나는 가슴이 밑바닥에서부터 저려와 눈물을 흘렸다. '아야 뛰지 마라 배 꺼질라… 주린 배 잡고 물 한 바가지 배 채우시던 그 세월을…'* 보릿고개의 삶을 그린 노래다. 나는 그 시대를 겪어온 사람이니 충분히 그 노랫말에 공감하고 감동하지만, 저 어린아이는 알지도 못하는 그야말로 옛날이야기 책에서나 읽었음직한 사연의 노래를 어찌 저렇게 감정을 풍부하게 맛깔나게 살릴 수 있을까? 그 재능에 감탄하면서 보릿고개가 얼마나 힘들었는지 가슴이 아려 온다.

이앙기로 그 넓은 평야를 혼자서 모내기하는 모습을 보면서 먼 옛날 모내기 풍경이 아스라이 떠오른다. 양옆에서 못줄을 잡고 못줄 넘긴다는 신호로 어이! 하는 구령에 맞춰 사람들은 일제히 일어나 허리를 뒤로 제끼며 한걸음 뒤로 물러선다. 못줄이 자리를 잡는 순간 다시 허리를 굽혀 4~5포기씩 뜯어서 두 손가락을 받혀 논바닥에 내려 꽂는다. 자기 앞의 공간에 다 심어지는 순간이면 여지없이 어이! 하는 구령으로 다시 허리를 편다. 큰 숨 한 번 쉬고

---

* 노래 「보릿고개」 가사 인용

다시 허리를 굽혀 한 포기 한 포기 심던 농부들의 모습이
한 폭의 그림처럼 지나간다. 쉬지도 않고 뻐꾹뻐꾹 울어
대는 뻐꾸기 울음소리는 고지를 갚는 농부들의 신음이었
으리라. 모내기하는 그 열 중에 우리 부모는 빠지지 않았
다. 집집마다 고지를 먹었으니 20일 정도 하루도 쉬지 않
고 하다 보면 모내기가 끝난다. 며칠 품삯밖에 손에 쥘 수
없지만 그래도 고지 먹은 것을 갚았으니 올 겨울 또 고지
를 얻을 수 있을 것이라고, 고지 이자나 좀 낮춰주면 좋을
텐데… 우리보고 아픈 허리를 밟으라며 푸념인지 안도인
지 중얼거림이 귓전에 맴돈다.

구휼미가 있을 때나 고지를 먹을 때나 생활 지원금이
있을 때나 서민들의 고달픈 인생사는 별반 다르지 않은
것 같다. 왜 이리도 힘들까! TV에서는 어린 가수가 한 맺
힌 보릿고개를 부른다. 가수의 모습이 뿌옇게 가리운다.

40

착한 며느리 못된 딸

부엌도 없는 2층 일본식 다다미 단칸방에서 3년을 살고 방 두 칸에 부엌이 있는 200만 원에 월 5천 원 3칸짜리 전세로 이사한 것은 엄청나게 발전한 일이다. 여름날 땀을 뻘뻘 흘리고 돌아와 부엌 바닥에 앉아 물을 좌악 좍 한 바가지씩 뒤집어쓸 때 그 시원한 기분, 이 세상 그 무엇과도 비교할 수 없는 행복이었다. 남편은 늘 바다 위에서 생활하는 형편이지만 시골에서 자라서인지 이들은 고생을 자신들이 감당해야 하는 몫으로 믿고 살아가는 사람들이다. 나 역시 가난은 얼마든지 이겨낼 수 있다는 자신감이 있었기에 부끄럽다는 생각은 하지 않았던 것 같다. 젊음이 있고 돈을 벌 수 있는 직장이 있으니 당당했다. 머지않아

내 집을 장만하겠지 부푼 꿈을 꾸고 있다. 딸 둘을 얻었다. 이 전셋집이 마냥 행복하다.

　시어머니 회갑이 다가온다. 맏며느리는 아니지만 경제적인 문제에 있어서는 단연코 맏며느리이다. 그런 상황도 당연하게 받아들인다. 좀 무리를 해서 제주도 여행을 보내드리기로 마음먹고 추진했다. 나도 가본 적도 없고 주위에서도 가본 사람이 없어 정보가 막연했다. 다행히 남편의 군 동기가 제주도에서 살고 있다는 사실에 반가워 편지를 보내니 상세한 답장이 왔다. 답장을 기본으로 계획을 짰다. 두 분께 금반지 세 돈씩 해서 끼워 드렸더니 내 생전에 금반지가 웬 말이냐며 얼마나 기뻐하시던지, 나는 결혼반지도 못 끼어봤지만 내가 가진 것보다 더 기뻤다. 함께 살고 있는 친정어머니는 다음에 해드리자고 속으로만 생각했지, 엄마를 이해시키지는 않았던 것 같다. 당연히 딸의 형편을 아시니 포기하셨을 것으로 생각했었다. 엄마도 회갑이 지난 지가 얼마 안 되었었는데 많이 서운하셨을 것 같지만, 기억이 별로 없다. 착한 며느리 노릇 한다고 친정 엄마는 뒷전이었으니 엄마의 마음은 얼마나 서운하고 딸이 야속했을까? 참 못된 딸이었다. 돌이켜 생각해 보니 정말 너무 잘못한 것 같아 가슴이 저려온다.

　제주도 갈 때는 비행기로 돌아오는 길은 배편을 이용했다. 비행기 요금이 좀 비싸야지. 4박 5일의 여행을 마친 시어머니께서 조용히 말씀하신다. "아야, 나가 섬에서 태어나 섬에서 늙어가는 주제에 제주도 여행을 다 다녀왔어야, 아마 고향에 돌아가면 많이들 부러워하겠제. 효자 아들 덕분에 여행을 다 다녀 본다고." 주름 가득한 얼굴에 환한 웃음이 가득하다. 그곳 섬마을 여자들은 생일도 모른다. 아니 아예 없다. 모 심다 낳았다니 오월일 거야, 비가 너무 많이 와서 개울이 넘칠 때 낳았다니 여름일 거야, 등등 그 계절의 특징에 대한 기억이 그녀들의 생일이다. 이름 또한 없다. 시집오기 전 살던 동네 이름에 댁 자만 붙이면 그들의 이름이다. 남자들만 존재하지 여자는 농사일 하고 아이 낳는 도구 외에는 아무 가치를 주지 않는 것 같다. 남자는 지붕 이엉 잇는 일과 쟁기질할 때만 일을 하고는 정자나무 아래에서 장기를 두고 어느 집 제사 음식이 오면 술타령이 일과이다. 한창 정책적으로 하는 새마을 운동도 이곳은 먼먼 남의 나라 얘기이다. 여기는 아직도 조선시대이다.

그래도 시어머니는 유복한 가정에서 태어나 생일도 안다. 하지만 회갑 여행이라는 얘기는 들어보지도 못했을 것이다. 동네에서 제주도 여행을 간다고 하니 경자 어머니는 자기 딸이 제주도로 시집가서 살고 있지만 한 번도 가보지 못했으니 어떻게 살고 있는지 딸 집에 다녀와 달라고 주소를 받았고, 광석이 엄마는 직업 군인인 아들이 건강하게 잘 있나 부대에 가서 면회하고 오라고 주소를 받았다. 부탁을 하는 사람이나 부탁을 받는 사람이나 제주도가 자기네 살고 있는 고금도 섬보다 커야 얼마나 더 클까 생각했던 것 같다. 두 분은 하루 택시를 타고 관광하고는 다음 날 주소를 가지고 약속대로 경자 집을 찾아갔다. 고향에서 오신 이웃집 아저씨이니 얼마나 반가웠겠는가! 마치 부모님을 만난 것 같았으리라. 하룻밤 주무시게 하고 여비까지 받아오셨다. 네 번째 날 광석이 부대를 찾아갔다. 역시 반가워 융숭한 대접을 받고 부대 차까지 얻어 타고 몇 군데 관광하셨다. 그러고는 저녁 배를 타고 출항하여 다음 날 아침 부산항에 도착했다. 어디 어디 다녀왔는지도 도무지 모르고 경자 집에 갔던 얘기, 광석이 부대에 갔던 얘기가 더더욱 재미가 있었는지 신바람이 나서 얘기꽃을 피운다.

어머니가 조용히 말씀하신다. "아야, 나가 제주도를 다 녀왔어도 여비가 이만큼 남았어야. 경자가 주고 광석이 가 주고 잠자는 값도 안 들고 밥도 별로 안 사 먹었으니 돈 쓸데가 없었어야. 해서 말인디 광주 사는 너 시누이 병 원에 데리고 가서 검사 한번 받아보면 쓰겠어야. 시집간 지 삼 년이나 지났어도 애가 없으니, 걱정돼서 밤잠을 못 이룬당게." "어머니, 검사 받아서 아가씨한테 문제가 있다 고 하면 어쩌시려고요?" "그러면 나와야제, 남의 집 대를 끊어서야 쓰겠냐?" 나는 말문이 막혀 아무 말도 못 했다.

시댁은 완도군에 속해 있는 작은 섬 고금도다. 조선시 대에 역적모의하다 반역죄나 아주 중죄인의 유배지다. 그래서 이곳은 양반의 풍습이 그대로 유지되고 있었다. 설이나 추석에는 전날 차례를 지낸다. 사대부들은 전날 차례를 지내고 당일에는 임금님께 가서 세배를 드려야 했기 때문이다. 지금도 그 풍습이 그대로 내려온다. 이곳 남자들은 양반 유전자를 받아서인지 인물도 아주 준수하 다. 거기에 머리도 뛰어나게 명석하다. 과외라는 것을 알 지도 못하고 시골에서 중학교를 마쳤지만, 육지로 나가

명문고, 명문대에 거침없이 들어가고 그 어려운 사관학교에도 들어간다. 거기에 우리 남편도 국립 해양 대학을 나온 인재에 속한다.

　양반 사상이 뿌리 깊게 박혀 있는 시어머니는 칠거지악 중의 하나, 자식을 낳지 못하는 죄를 적용해 딸을 데려와야 하는 막바지 생각까지 하는 것 같다. 시어머니가 다녀가신 며칠 후 시누이한테서 전화가 왔다. "언니, 병원은 안 가기로 했어요. 병원에서 검사받아서 누구의 결함이 밝혀지면 그다음이 더 견디기 힘들 것 같아서요. 헤어지지 않을 바에는 이대로 살면서 기다려 보기로 성 서방과 합의했어요. 언니가 보내준 돈은 엄마 도로 드리고 쓰시게 했어요. 언니도 형편이 어려운데 나까지 마음 써 준 언니의 고마운 마음 가슴에 평생 묻어 두고 꺼내 볼게요." 목이 메 훌쩍이는 목소리가 전선을 통해 내 마음을 찡하게 했다. 우리의 경제적 형편을 누구보다도 잘 아는 시누이기에 나의 호의가 눈물겹도록 고마웠나 보다. 어머니는 딸에게 여행비가 남았다고 말하지 않고 내가 따로 병원비를 준 것으로 말하셨던 것이다. 행여 자식의 마음을 다칠까 걱정도 되었고 형제간의 우애도 돈독하게 해주고 싶은 마음에서 거짓말을 하신 것 같다. 참 지혜로운 분이시다.

두 분에겐 이번 여행이 어떤 의미로 기억될까? 온 동리 사람들에게 효자 자식을 두었다는 자랑거리일지 아니면 경자네와 광석이네의 부탁을 잘 수행한 것이 뿌듯할까? 그래도 제주도 땅을 밟아봤고 비행기 타본 것이 좋았다고 생각할까, 어쩌면 딸에게 병원 검사받을 수 있는 돈이 마련된 것이 가장 기쁘지 않았을까?

두 분은 이 여행을 통해서 넓은 세상에서 많은 것을 보았고 좋은 구경 했노라고, 만나는 사람마다 자랑하고 싶을 만큼 뿌듯하게 생각하는 것 같다.

고희를 맞이했을 때는 패키지여행이라는 시스템으로 다시 제주도에 3박 4일을 한 푼도 남기지 말고 마음껏 구경하고 오라 했다. 이번에는 친정어머니도 함께 다녀오시게 했다. 친정엄마는 십 년 전 서운했던 마음이 조금은 위로가 되셨는지 모르겠지만 형편이 좀 나아져 함께 보내드렸으니 그나마 조금은 마음이 편하다.

가끔 해외여행을 다녀올 때면 부모님 생각이 난다. 요즘 세상이었으면 해외여행도 보내 드렸을 텐데, 라는 아

쉬움이 마음 한구석에서 밀고 올라오면 미안하고 죄스럽
다. 엄마, 나 참 못된 딸이죠? 대신 착한 며느리라고 그 동
네에서는 소문이 자자했답니다.

41

하나님께 위로받으렴

　청주 고속버스 터미널에서 흰머리의 소녀를 만났지, 얼마 만일까? 30년은 흘렀으리라. 윤기 찰찰하던 검은 머리는 흔적도 없고 모시 바구니를 뒤집어쓴 너를 보면서 우린 지난 세월의 흐름을 빨리 알아차릴 수 있었어. 우리들은 늙음을 받아들이지 못하고 검은색으로 염색했는데 너는 당당하게 흰머리 고운 할머니의 모습 정말 아름다웠어. 그날 밤 콘도에서 30년 세월의 공백은 하나도 없이 이제껏 만나온 사이 같았던 것은 무슨 조화였을까? 도마동 우리 동네 너희 집이 제일 넓고 컸고, 부자였어. 적어도 너희는 끼니 걱정은 없었으니까, 그래서인지는 몰라도 너희 집에는 나 외에 다른 친구들은 자주 드나들 수가 없었다.

너희 엄마가 사람을 차별했었거든. 요행히 나는 자주 갔었고 너희 엄마한테 인정도 받았었다. 행운 당첨이라 할 정도로 기분 좋은 일이었어.

복지 농도원의 4H 청년단에 가입하여 저녁이면 모여 농촌 생활 개선에 관해 토론하고 공부도 했지. 네가 얼마나 우리와 함께 농도원에 가고 싶어했는지, 할 수 없이 저녁 때 너희 집에 가서 네 일을 거들어서 일을 끝내고서야 너와 함께 가는 우리의 발걸음은 항상 종종걸음이었지. 너희 엄마는 밤에 계집애들이 나다니는 것을 절대 허락하지 않았거든. 아마 반년 정도는 너희 엄마를 설득했고 너는 맡은 일 차질 없이 다 하겠다는 약속도 했었을 것이다. 그렇게 해서라도 청년단에서 함께 어울려 신나게 농촌 봉사 활동하고 공부도 하고 싶었으니까. 우린 너희 엄마가 꼭 팥쥐 엄마 같다고 했지. 어두운 밤에도 논둑길 밭고랑을 밟으며 정말 재미있게 다녔었지.

그러고는 우린 헤어졌다. 20년쯤 세월이 흐른 어느 해 청주 친구 딸 결혼식장에서 한번 만나고 30년을 보낸 어느 날 우리가 만났구나. 일흔이라는 나이를 훈장처럼 머리에 이고 정말 할 애기가 많았다. 우리 집 마당 평상에 누위 은하수를 바라보며 별똥이 떨어지는 걸 보면 사랑하는 사람 만난다는 꿈을 꾸기도 했던 그 밤, 손톱달인지 양귀비의 눈썹인지 우기던 얘기며 사랑 찾아 날아다니는 반딧불 이를 잡아 호박꽃에 담아 호롱불이라고 우기던 얘기는 또 얼마나 재미있었던지, 여름밤마다 모여 놀던 그 시절이 아름다운 추억이 되었다고 우린 그저 행복해했었지. 이 순간을 맛볼 수 있도록 이제껏 살아 있었으니 얼마나 감사하냐면서 너는 하나님께 성호경을 그었어. 자주 만나자고 약속했지. 그 후 두 번인가 세 번인가 만났구나.

뜬금없이 너희가 보고 싶더라. 그래서 이달 말에 번개모임 하자고 수없이 전화했는데 전화를 안 받더라. 카톡을 보냈어. '여행 중이니?' 읽지도 않았어. 검은 섬광의 촉이 번개같이 일어났어. 청주 친구에게 동생한테 알아보라 했더니 금요일 5시가 좀 지나서 네 소식을 들을 수 있었다. 네 생이 하루 이틀밖에 남지 않았다는 것을… 정말 말이 안 나오더라. 네 동생이 그러더라. 아무에게도 알리지 말라 했다고, 그렇게도 기쁘게 섬기던 성당에도 알리지 못하게 했다고, 괘씸했다. 그렇게 전화했는데, 한 번만이라도 받아주지. 친구야, 네가 나라를 구할 책무를 가진 이순신 장군이니, 아니면 너의 죽음이 알려지면 이북에서 당장 핵폭탄이라도 던진다던? 무슨 돼먹지 않은 생각이란 말이니? 너무도 화가 나서 당장 달려가 따지고 싶었다. 그런데 친구야, 시간이 안 되는 거야. 여기서 부산역까지 한 시간 30분, 아산 역까지 2시간, 거기서 병원까지 30분, 도저히 집에 돌아오는 시간이 안 돼 다음날 가려고 시간을 맞춰 봤어. 무슨 핑계가 그리 많으냐고? 그래, 핑계는 맞아. 그런데 나이 먹어서 그런지 머리가 예전같이 빨리 돌아가지 않더라. 밤 열차도 있었는데…….

한 달에 한 번 한부모 가정 아이를 위탁해서 돌봐야 했거든. 토요일하고 일요일 운명적으로 내 차례가 걸렸어! 그리고 그 애를 내가 다니는 교회 여름 성경 학교에 데려가기로 되어 있었어. 10시부터 5시까지인 줄 알고 그 사이 갔다 오면 될 것 같아서 기차표를 뒤지다 보니 4시까지야. 아무리 날고 뛰어도 안 돼서 두 시간만 돌봐줄 만한 사람한테 부탁해 봤지만 안 됐어. 할 수 없이 포기하고 주일날 5시부터 3시간 부탁하고 떠나 보려니까 부산의 호황 여름 휴가철이라 기차 입석도 없어. 그때부터 하나님께 기도했어. 월요일까지만 기다려 달라고. 아마 하나님은 내 기도를 들어 주고 싶었을 텐데 네가 천국에 빨리 가고 싶어 머 못거리지 않고 떠난 것 같구나. 너에게 '저 높은 곳을 향하여' 찬양을 꼭 불러 주고 싶었는데, 그곳은 빛과 사랑이 넘치는 곳이라니 배움의 목마름도 다 해소하고 학교 다니는 친구가 부러워 사진관에서 교복 빌려 입고 사진 찍어 놓고 닳고, 닳도록 만지고 들여다보던 그 한도 다 하나님한테 위로받으렴.

어느 날인가 보고 싶다고 천안에서 한걸음에 달려온 네가 너무 좋아서 태종대 자살바위 휴게소에서 윤슬이 일렁이는 바다를 보며 가슴에 묻어 두었던 나의 지난날 아픔을 오직 너에게 눈물 흘리며 고백할 때 너도 눈물을 흘렸지. 이제 다시는 그 아픔을 꺼내지 않으련다. 너희 눈물로 위로를 받았으니까. 친구야, 천국 가는 길 밝고 아름답지? 네 앞에 간 성자는 만났는지 모르겠구나, 만나서 함께 기다려 줘. 나도 뭐 얼마나 더 있겠니? 그때 만나자. 친구야 너희 알량한 배려심 때문에 먼 길 떠나는 너를 배웅하지 못한 아린 가슴의 상처는 네가 위로해 줘야 할 것 같다. 괘씸한 친구, 그립구나.

42

쉰 다섯 살의 철없는 어미

올해 설날은 대체 휴일이 있어 5일이나 된다. 직장인들은 여행을 떠나기도 하고 부모를 찾고 고향 길도 떠난다. 나는 이렇게 구정 때 긴 휴가에 사람들이 여행 떠나는 모습을 볼 때마다 가슴이 싸하게 시려온다. 유난히도 추운 그해, 겨울 작은딸은 중국 유학길을 떠났다. 중국어과 전공인 딸은 재학 중에 유학을 다녀왔는데 그래도 많이 부족하고 공부도 더 하고 싶다고 2년 동안 다니던 은행을 그만두고 다시 중국으로 떠났다. 나는 직장을 그만둔 것이 섭섭했다. 하지만 꿈을 안고 공부하겠다는 딸에게 내 의견은 아무 소용이 없으니, 응원만 해줄 뿐이다. 아무런 도움이 되지 못하는 나 자신에게 많이 자책하였지만, 한편

251

으로는 꿈을 찾아 도전할 수 있는 여건만이라도 감사하라
는 나의 소신도 있지 않았을까 싶다.

"엄마, 여기는 우리나라 설을 춘절이라 하는데요, 휴일
이 보름이나 돼요. 집주인은 고향 가고 텅 빈 집에 혼자 있
을 일이 막막해서 집에 가고 싶지만, 비행기 요금이 휴가
기간에 너무 비싸서 그냥 있기로 했어요." 가슴이 아프다.
여러 가지로 불편한 타국에서 비행기 값이 없어 쓸쓸하게
보름을 지내야 한다니, 내 자신의 무능함이 진저리 치도록
싫다. 왜 요것밖에 안 될까? 번창하던 웨딩 사업이 몇 년
동안 소송에 휘말려 빈손이 되고 나니 최악의 상황이어서
한 푼도 보태주지 못했다. 그냥 그렇게 떠나보낸 나는 어
떻게 살고 있는지 걱정도 못했다. 그저 잘 살면서 하고 싶
은 공부하겠지, 그렇게 믿고 싶었다. 부끄럽고 속상하지만
괜찮은 척 "그 시간에 공부 많이 하라고 우리한테 돈이 없
는가보다." 실없는 소리로 나 자신에게, 딸에게 위로했다.
말 안 되는 논리라는 것을 충분히 알면서도 위로랍시고
말한 것을 지금 생각하면 참 염치없는 어미였구나 싶다.

딸이 중국에 간 지 반년은 지났나보다. 자기 있을 때 숙

식이 해결되니 이 기회에 중국 여행을 다녀가라 한다. 유학비도 보태주지 못한 주제는 잠시 잊고 딸의 권유대로 관광을 계획하고 친구 둘과 셋이 중국 여행을 갔다. 딸은 우리가 머무는 동안 불편하지 않도록 이것저것 프로그램을 짜서 관광 가이드 노릇을 알뜰하고 착실하게 해주었다. 남들이 몇 차례 와서 구경할 곳들을 우리는 열흘 동안 알차게 관광했다고 뿌듯해했다. 10일간의 여행을 마치고 돌아와 그저 행복했다. 여행의 기쁨과 황홀함이 가시기도 전에. 문득 생각해 보니 딸에게 너무 힘든 일을 시켰구나, 참 철없는 행동을 했구나 싶어 미안한 마음이 가슴을 꾹꾹 찌른다. 그래서인지 아니면 열흘간의 관광이 충분했었는지 그 이후로는 중국 관광은 한 번도 생각하지 않았다.

얼마 전 설날 내려온 딸에게 물었다. "중국에서 춘절 휴일에 지루해서 어떻게 보냈니?" "글쎄 뭐 그럭저럭 보냈죠. 비행기 값이 워낙 비싸서 내 학비에서 그 돈을 쓸 수 없다고 체념했으니 그리 슬프지는 않았던 것 같아요. 엄마가 보내준 반찬 있으니 밥해 먹고 설움 달래며 살았죠. 하지만 15일이라는 긴긴 휴일에 모든 세상이 정지된 느낌이고 뭐 하나 사 먹을 것도 없고 그렇다고 문화생활도 없고 고향 못 간 몇몇 친구들과 서로 위로하며 지내니 갑갑한 생활이었지만, 그래도 놀러 온 건 아니니 참고 공부하며 견뎠겠지요." 아무렇지도 않은 듯 덤덤하게 말하는 딸을 보니 미안한 마음이 조금은 편안하다.

"엄마가 네 덕에 중국 관광은 잘했지만, 너 그때 고생 참 많았지? 누구를 대접한다는 것이 쉽지 않은 일인데 내가 너한테 너무 염치없는 짓을 했어. 나는 중국이라는 나라에 아무것도 모르고 뭐 우리나라처럼 쉽게쉽게 일이 진행되는 줄 알았으니까. 그 넓고 넓은 땅에서 구석구석 찾아다니며 구경시켜 주느라 아주 힘들었을 거야. 내가 할머니랑 시부모 모시고 구경시켜 드린다고 다니면 그렇게 피곤했었는데 그 기억은 잠시 잠깐 잊었었나 보다. 네가 빈혈이 있어 남들보다 빨리 피로를 느낀다는 사실도 모른 채 만리장성을 오르게 하고 밤새 기차를 타고 서안을 가고 열흘 동안을 함께 다녔으니 얼마나 힘들었을까? 지금에서야 깨닫다니 참 철없는 엄마였어."

"아니 뭐, 그렇게 힘들다는 생각은 안 했는데요. 엄마 여행 즐겁게 해드릴 마음뿐이었던 것 같아요. 기차표 사러

한 시간씩 버스 타고 역에 가서 줄 서서 사야 하는 그런 일이 힘들기는 했겠지요. 하지만 중국이라는 나라는 그런 시스템이니 그렇게 적응하는 거니까요. 돈 아끼면서 알차게 여행하려니 몸 고생은 당연한 거고, 프로그램 짜느라 머리는 좀 썼죠." 아무렇지도 않은 듯 웃으며 말한다.

"그래도 엄마 그때 억지로라도 오셨으니 여행 잘하시지 않았나요. 저는 아주 즐거웠어요. 그 덕에 나도 서안 가서 진시황 병마 박물관에 그 어마어마한 병정들과 병마들을 구경하고 왔지요. 중국말도 더 배울 기회였고요. 엄마와 엄마 친구들 앞에서 중국 유학생 폼 잡고 중국말 잘하는 모습 보여드리려고 공부 많이 해 뒀거든요.""그래, 우리들은 네가 중국 사람들하고 대화하는 것 보고 아주 대견해 보였어." 딸에게는 엄마를 위해 관광 가이드를 할 수 있었던 좋은 추억으로 남아있기를 바랄 뿐이다.

함께 여행한 두 친구 중 한 친구는 아들 하나이고 한 친구는 아들 둘이다. 그들은 내 딸이 있어서 적은 돈으로 여행을 아주 알차게 잘했다면서 몇 번이고 치하한다. 자기들은 딸이 없어도 친구 딸이 있어 호강했다면서 딸 있는 나를 무척 부러워하니 고생은 딸이 했지만, 치하는 내가 받으니 왠지 그동안 아들 없어 불쌍한 사람 취급받았던 억울함을 보상받은 것 같아 뿌듯했다. 작은딸은 그곳에서 지금의 배우자를 만났다. 가난한 유학 생활이었지만 사회에서 한축을 톡톡히 하고 있는 장한 남편이다. 월척을 했으니 이 얼마나 큰 축복이겠는가!

43

파티를 열자고 했다

폭설이 내리고 한파가 몰아치고 세상이 눈으로 덮여 크고 작은 사고들이 줄줄이 일어나고 강원도 지방에는 길이 막혀 왕래할 수 없다는 안타까운 뉴스를 보면서 참 우리나라는 넓기도 하구나, 싶었다. 이곳 진해는 어제는 좀 쌀쌀한가 싶더니 오늘은 마치 봄날같이 따뜻한데, 우리는 축복받은 동네에서 살고 있다는 생각에 감사하다.

이순신 장군이 왜적과 싸워 쾌거를 올린 안골포 해안이 내려다보이는 뒷동산에 올랐다. 날씨가 얼마나 맑은지 일본 땅 대마도가 또렷하게 한눈에 들어온다. 부산 신항부두에는 산채만한 배들이 즐비하게 정박해 있다. 그 큰 배에서는 쉴새없이 컨테이너가 실리고 내린다. 그 주위에는 어디에서 왔고 또 어디로 떠나갈지 컨테이너가 끝이 보이지 않을 만큼 산더미같이 쌓여있다. 저렇게 많이 쌓여 있는 것을 보니 수출입이 호황일 거라는 뿌듯한 마음이다.

선장인 남편이 손가락으로 가리키며 '저 배는 세계에서 제일 큰 그리이스나라 30만 톤 급인 것 같고, 저배는 한 10만 톤 정도 될 걸' 하며 옆 사람이 들리게 큰소리로 호기 있게 설명을 한다.

부산과 거제도를 연결하는 세게 최장해저터널 거가대교가 바로 눈앞에서 쉼 없이 차들을 실어 나르고, 거가대교 너머에는 부모를 위해 양식을 구하러 육지로 나갔다 돌아오는 길에 풍랑을 만나 물에 빠져서도 어머니에게 드릴 양식 자루를 끝까지 들어 올리다 끝내 돌아오지 못한 효자 아들 형제의 모습을 닮았다 하여 형제 섬이라는 섬도 보인다.

맑은 햇살은 나무 가지가지 사이로 파고 들어온다. 유난히도 석양이 아름답다. 우리 부부는 황금빛의 석양을 보며 노후 준비를 해야겠다고 생각했다.

258

평소에 입버릇처럼 말하던 일들을 정리하자고 휴대폰을 꺼내 메모하기 시작했다. 겨울바람이 포근하기도 하고 햇살이 잠을 부를 만큼 따스해서인지 생각이 거침없이 술술 나온다. 내가 한 가지 말하면 남편이 한 가지, 또 내가 한 가지, 서로가 이렇게 적어 내려갔다.

1. 둘 중 누가 먼저 병들어 눕게 되면 사력을 다해서라도 집에서 간병하도록 합시다.
2. 죽기를 각오하고라도 요양병원은 보내지 맙시다.
3. 생명 연장 시술 절대 하지 말 것.
4. 대학병원에서 시신을 가져갈 것이니 장례는 입관 예배만 드리고 하루로 끝낼 것.
5. 우리 친지나 주변 사람들에게는 장례 마치고 천국으로 잘 갔다고 알리는 것으로 할 것.
6. 교회에는 목사님과 장례 팀 외에는 광고하지 말고 부의금도 받지 말 것.

딸들에게 전한다.
1. 별로 남을 게 없겠지만 얼마가 되었든 남은 것이 있다면 나의 아픈 손가락, 너희 외사촌 오빠와 좀 나눴

으면 한다. 욕심을 부리자면 엄마가 봉사 다니는 재활원에도 조금 나누어 주었으면 한다.

2. 수의는 내가 곱게 입었던 한복에 명주 두루마기로 해라. 행여 저고리가 안 들어간다고 거부할 수 있으니 배래를 뜯으면 된다. 수의 값을 지불하고서라도 꼭 한복을 입혀 다오.

아버지는 너희들 결혼식 때 입었던 양복을 많이 아끼셨으니 그 양복을 입히면 된다. 양복도 한복처럼 소매를 뜯고 바지도 솔기를 뜯으면 된다. 바지는 괜찮을 것 같지만 장례업체에서 거부할 것이니 얼마의 값을 지불하면 될 것이라 생각한다. 정 안 해 준다면 할 수 없지만 가능하면 양복을 입히도록 부탁한다.

3. 내가 병석에 누워 행여 봉사자가 필요하게 된다면 소화 재활원에 엄마가 봉사한 이력이 많이 있어서 봉사를 받을 수 있을지는 모르겠지만 활용해도 될 것이다.

이렇게 대충 계획을 세우다 보니 어느새 황금빛이 서서히 저물어 가고 있다.

석양을 등 뒤로 밀어내며 산을 내려왔다. 프린트를 해

서 각자 수의함에 넣고 컴퓨터에 저장하고 녹음까지 해
서 마무리를 지었다. 큰일을 마무리지은 것 같은 개운한
맘이 든다.

파티를 열자고 했다. 간단한 요리를 하고 와인을 준비
했다. 예쁜 촛불을 켰다. 발그레한 와인을 따랐다. 둘이서
잔을 들고 외쳤다. 황금빛 노을처럼 우리도 아름답게 생
의 마지막을 장식하자며 잔을 부딪쳤다. 크리스털의 상큼
한 맑은 소리가 우리 영혼의 소리인 듯 아름답게 울린다.
우린 행복하게 웃으며 와인 잔을 비웠다.

가장 아름다운 모습으로 사진을 찍어야겠다.

눈물을 쏟아버린 맑은 슬픔

진솔한 글은 울림이 크다. 신순례의 산문을 읽으며 눈시울이 뜨거워졌다. 글에서 풀 냄새, 흙 냄새, 밥 냄새 그리고 사람 냄새가 난다. 한 편 한 편마다 반전이 있어 흡사 장편(掌篇) 소설을 읽는 것 같다. 단숨에 읽힌다. 신 작가의 수필은 개인사이지만 현대사의 한 조각이기도 하다. 고향을 떠나 남으로 피난을 왔고, 하루하루가 위태로웠다. 가난이 따라다녔다. 그럼에도 주눅 들거나 꺾이지 않았다. 최선을 다해 주어진 삶을 채워나갔다. 이제 그는 삶 속에 알알이 박혀있는 사연들을 가만가만 풀어놓는다.

그는 눈물로 하얗게 밤을 새우며, 또 후회가 밀려와 가슴을 쥐어뜯으며 한 편 한 편을 완성했다. 그것은 어떤 가림막도 없이 자신을 드러내는 일이었다. 그럼에도 글에 어떤 원망이나 앙금도 서려있지 않았다. 스스로 시리고 아픈 순간들을 연소시켜 세월의 강에 흘려보냈다. 그래서 청승맞거나 남루하지 않다.

먹장구름에 가린 하늘이 비바람을 쏟아낸 후 맑아지듯이, 신순례의 글은 슬픔이 서려 있지만 눈물을 쏟아버려서 맑다. 결국 그의 글쓰기는 사람에 대한 사랑을 확인하는 의식이었다. 피난민은 아무리 둘러봐도 의지할 곳이 없었다. 어머니는 다섯 식구를 먹여 살리려 밥을 구걸해야 했다. 신 작가는 엄마가 노랫가락처럼 되뇌이던 얘기를 옮겨놓았다. 애절한 얘기지만 다시 들여다보면 그 속에 사랑이 담겨 있다.

기어들어 가는 소리로 "저 피난민입니다. 밥 한 술만 주세요." 말하면 대개는 자기 밥그릇을 들고 나와 크게 한 술 떠서 준다. 어느 집에서는 밥을 다 푸고 누룽지를 한 주걱 주고 어느 집에서는 작은 그릇에 따로 퍼주기도 하고 조금 늦은 집에는 상에서 남은 밥을 다 주기도 한다. 차근차근 동네 한 바퀴를 돌면 바가지에 밥이 차고 된장이나 김치를 얻는 날에는 반찬까지 해결되는 재수 좋은 날이다. 뒤돌아서서 동네에 절을 한다. 다섯 식구의 아침 식사를 내어준 분들에게 하는 감사의 인사다. 밥 바가지를 들고 배고파하는 자식들 눈망울을 생각하며 숨이 차도록 바쁜 걸음을 옮길 때마다 (엄마는) 얼마나 많은 눈물을 흘렸을까? - 「밥 한 술」

혈육이지만 여태껏 하지 못했던, 가슴 속 깊이 감춰두었던 말도 꺼냈다. 큰딸이 지자체장 선거에 출마하여 시장 후보로 나서겠다는 연락을 받고는 땅이 꺼질 듯했다. 어미로서 아무 것도 해줄 게 없었기 때문이었다. 그저 쑥을 뜯어 쑥떡을 만들어 보낼 뿐이었다. 봄날의 햇살을 맞으며 수없이 자신을 책망했다. 큰딸은 형편이 넉넉지 않아 쥐가 나오는 반지하 단칸방과 폭염에 내리쬐는 옥탑방에서 학교를 다녀야 했다. 그 때가 생각나서 쑥이 잘 보이지 않았을 것이다. 쥐가 나온다고 울면서 전화를 했던 딸의 음성을 평생 품고 살았을 것이다. 그 울음이 시도 때도 없이 어미의 가슴을 찔렀을 것이다.

환갑을 넘겨 글을 쓰기 시작한 늦깎이 수필가이지만 묘사력이 탁월하다. 그것은 매 순간을 그냥 흘려보내지 않았다는 반증이다. 부부모임에서 여행을 갔을 때도 그의 감각은 남이 보지 못한 새로움을 찾아낸다. 전날의 여흥으로 일행이 풀어져 있건만 그는 특유의 감수성으로 '흐트러진 아침'을 일으켜 세웠다. 신 작가는 조밀하면서도 서정적인 묘사로 체험에 생명력을 부여하고 있는 것이다.

왁자지껄하다. 어젯밤의 끝자락을 잡고 마신 술이 아직도 그들을 휘어잡고 있는지 신바람이 나서 해장국 집을 찾아 나선다. 그들의 흐트러진 모습을 감싸주듯 덕유산 자락을 살며시 헤치고 서서히 동녘 하늘을 붉게 물들이며 쟁반같이 둥근 태양이 떠오른다. 어두움은 지난밤의 숱한 얘기들의 여운을 남기고 슬며시 뒤로 밀려나갔다. 소슬바람이 스치는 가을날은 유난히도 발그레한 햇빛이 곱디곱다. 쪽빛의 계곡물은 꾸불꾸불 바위틈을 불평 없이 속삭이듯 낮은 곳으로 은빛의 거품을 일으키며 잘도 흐른다. 크고 작은 나무들은 고운 옷 갈아입을 채비에 분주하게 바람결 따라 살랑살랑 나부끼며 우리보고 다음날 다시 오라고 손짓해 주고 있다. -「꼰대들의 합창」

신 작가는 글을 쓸 수 있음은 신의 축복이라고 했다. 마침내 신께서는 그에게 자신의 삶을 정리하고 이웃을 돌아

보는 축복의 시간을 허락했다. 그의 글은 초록별에서 함께
살아가는 모두에게 주는 편지이기도 하다. 그 속에는 감사
함이 들어있다. 이제 노을이 지는 시간이다. 그의 삶도 노
을처럼 아름답게 물들어 있음을 발견했다.

김택근(시인, 작가)

1

　문예창작과에서 수필 수업을 강의할 때였다. 나이 지긋한 여성이 강의실 앞에서 인사하며 수업을 들어도 되는지 물었다. 훗날 그분의 나이가 예순아홉임을 알았으나, 그날 내 눈에는 배움의 열망으로 반짝이는 눈빛만 보였다. 신순례 작가와의 첫 만남이었다. 신순례 학생은 지각 결석 한 번 없었고, 각자의 글을 두고 합평을 통해 날 선 상호 평가와 교수의 지적이 이어지는 수업을 기꺼이 감당했다. 늦은 밤 홀로 깨어 글 쓰는 시간이 세상 무엇보다 행복하다는 학생이 드디어 책을 출간한다는 소식을 전했다.

　예일대학에서 글쓰기를 강의한 윌리엄 진서는 좋은 글쓰기의 핵심이 인간미와 온기라고 했다. 소설은 허구 뒤에 시는 모호함 속에 숨을 수 있으나 수필은 작가가 숨을 곳이 없다. 수필은 '글이 곧 그 사람'인 문학 갈래이며, 이는 좋은 사람이 좋은 글을 쓴다는 뜻이기도 하다. 이러한 인간미를 아리스토텔레스는 『수사학』에서 에토스(Ethos)라고 했다. 이 책은 에토스로 독자를 설득하는 글이 가득하다. 독자는 단지 머리로 이해한다고 설득되지 않는다. 모든 글의 최종 목적은 감동이며, 감동은 온전히 설득된 자에게 밀려오는 정념이다.

첫 수필 「거기 반딧불이 있나」부터 마지막 수필 「파티를 열자고 했다」까지 단숨에 읽었다. 책장을 덮으며, 황금빛 노을처럼 우리도 아름답게 생의 마지막을 장식하자며 잔을 부딪치는 노부부를 떠올린다. "가장 아름다운 모습으로 사진을 찍어야겠다"는 문장을 끝으로, 한 권의 책이 한 사람의 생애가 되어 내게 스며들었다. 저물어가는 인생길에 서 있는 모든 이들에게, 그들을 부모로 둔 자녀들에게 이 책을 권한다. 어떤 영화나 드라마도 이 책만큼 곡진하게 한 사람의 생애를 전할 수 없을 것이다.

2

설득이란 단지 이성적인 논리(로고스)뿐만 아니라, 감정과 욕망(파토스), 인격과 윤리성(에토스)까지 포괄하는 소통의 기술이다. 2천 년 가까이 화술과 웅변을 중심으로 내려오던 수사학의 전통이 글쓰기에 본격적으로 적용되기 시작한 것은 19세기 중반이다. 당시 하버드대학에서 작문을 수사학의 정식 과목으로 편입하면서 오늘날 통용되는 문장이나 단락 구조, 문체적 특성 등 다양한 개념을 체계화하였다. 논리적인 글뿐 아니라, 수필의 공감, 소설의 감동도 모두 설득에서 나온다. 설득되지 않고 공감하고 감동하는 독자는 없다.

시카고대학의 글쓰기 과정을 정립하고 미국 글쓰기 문화에 지대한 영향을 끼친 조셉 윌리엄스도 글쓴이의 에토스를 강조했으며, 조선시대 최고의 문장가 연암 박지원의 글도 에토스가 중심이다. 연암의 산문 「큰누님을 보내며」는 연암이 큰누님을 잃고 쓴 제문이다. 솔직하고 담백하며, 무엇보다 자신의 감정에 충실하면서도 누이를 향한 절절한 마음이 누이의 시신을 떠나보내는 정경과 어울려

정돈되어 있다. 쉽게 따라할 수 없는 이 글의 미덕은 연암의 에토스에 있으며, 300자가 채 되지 않을 짧은 글을 두고 이덕무는 극찬하였다. 물결치는 감정과 냉철한 이성 사이에서 감정의 파고를 다스리고, 이성의 냉기에 온기를 불어넣는 것이 에토스다. 파토스는 자연 발생적이고, 로고스는 훈련을 통해 배울 수 있으나, 에토스는 글쓴이의 생애 그 자체다.

서점에는 글쓰기 관련 책이 많고, 관련 특강도 자주 열린다. 시선을 끄는 첫 문장과 글 마무리의 중요함 등 구체적인 내용은 책마다 크게 다르지 않다. 좋은 글은 꾸밈없이 담백해야 하며 문장이 담백하려면 형용사나 부사, 접속사를 줄여야 한다. 솔직하게, 쉽게 쓰고, 리듬감 있는 문장에 자기만의 사유와 성찰을 담아야 한다. 그런데 글쓰기를 다루는 책이나 강연에서 정작 글쓴이의 에토스를 강조하는 경우는 드문 듯하다.

글쓰기가 어려운 것은, 글쓰기가 세상에서 가장 요행과 우연이 없는 행위이기 때문이다. 이제 소셜 네트워크의 발달로 글 쓰는 일이 소수 전문가에게 주어지는 권력이 아니라 삶을 풍요롭게 살고픈 이들이 선택하는 권리가 되었다. 글쓰기는 삶을 이해하기 위한 수공업이며, 부단히 노력하면 누구나 글쓰기로 자기 삶의 장인이 될 수 있다.

예순아홉 살 여학생의 과제 중에서 내가 가장 사랑하는 글이 있다. 맏이로 자라, 결혼 후에도 친정엄마를 모시며 동생들 학비를 대고 결혼시키는 동안, 정작 자신의 손에 가락지 하나 없었다는 푸념을 돌아가신 엄마의 사진 앞에서 풀어놓는 글이다. 그녀의 글에서, 사진 속 엄마는 일흔을 앞둔 딸에게 속삭인다. "넌 나의 최고의 딸이야." 그녀의 글이 그녀의 생을 위로해주었고, 예순아홉까지의 생에 의미를 부여해주었다.

글쓰기는 단지 의사소통의 도구에 머물지 않는다. 좋은 글은 인간미와 온기를 지닌 에토스가 핵심이며, 에토스는 글쓴이의 무의식과 의식을 넘나들며 힘을 얻는다. 마리온 존 맨은 무의식에는 의식의 빛이 필요하고, 의식에는 무의식의 에너지가 필요한데, 글쓰기로 이 두 가지의 교환이 가능하다고 했다. "의식되지 않은 무의식이 곧 운명이 된다." 프로이트와 함께 정신의학 분야를 개척한 인물로 평가받는 카를 구스타프 융의 이 말을 믿는다면,

우리는 글쓰기로 운명을 바꿀 수 있다.

이국환(동아대학교 한국어문학과 교수)

파티를 열자고 했다

초판 1쇄   2025년 4월 15일

지은이   신순례

펴낸곳   문학여행
발행인   고민정
주소   서울특별시 서대문구 연희로37길 77-13 402호
홈페이지   www.bookjour.com
이메일   contact@bookjour.com
전화   1600-2591
팩스   0507-517-0001
원고투고   edit@bookjour.com
출판등록   제2021-000020호

ISBN   979-11-88022-60-1 (03810)

Copyright 2025 신순례, 문학여행 All rights reserved.

본 책 내용의 전부 또는 일부를 재사용하려면 목적여하를 불문하고
반드시 출판사의 서면동의를 사전에 받아야 합니다.

잘못된 책은 구입처에서 바꿔드립니다.
저자와의 협의 하에 인지는 생략합니다.
책값은 본 책의 뒷표지 바코드 부분에 있습니다.

문학여행은 출판그룹 한국전자도서출판의 출판브랜드입니다.